BAT PAT
SUPEREXPLORADORES

M

El papel utilizado para la impresión de este libro ha sido fabricado a partir de madera procedente de bosques y plantaciones gestionadas con los más altos estándares ambientales, garantizando una explotación de los recursos sostenible con el medio ambiente y beneficiosa para las personas.

Por este motivo, Greenpeace acredita que este libro cumple los requisitos ambientales y sociales necesarios para ser considerado un libro «amigo de los bosques». El proyecto «Libros amigos de los bosques» promueve la conservación y el uso sostenible de los bosques, en especial de los Bosques Primarios, los últimos bosques vírgenes del planeta.

Título original: *Il naso della sfinge*
Publicado por acuerdo con Edizioni Piemme, S.p.A.
Adaptación de la cubierta: Random House Mondadori / Judith Sendra

Primera edición: febrero de 2012

Texto de Roberto Pavanello
Proyecto editorial de Alice Fornasetti y Chiara Fiengo
Proyecto gráfico de Gioia Giunchi y Tommaso Vianello
Ilustraciones de Ivan Bigarella
Color de Davide Virzini
www.batpat.it *www.battelloavapore.it*
International Rights © Atlantyca, S.p.A., Via Leopardi 8, 20123 Milán, Italia
foreignrights@atlantyca.it *www.atlantyca.com*

Printed in Spain – Impreso en España

ISBN: 978-84-8441-865-8
Depósito legal: B-943-2012

Compuesto en Compaginem

Impreso y encuadernado en Egedsa
c/ Rois de Corella, 12-16, nave 1
08205 Sabadell

G T 1 8 6 5 8

BAT PAT

LA NARIZ DE LA ESFINGE

ROBERTO PAVANELLO

Ilustraciones de Ivan Bigarella

montena

¡EL EQUIPO DE AVENTUREROS!
HOLA, ¡SOY BAT PAT! SOY ESCRITOR Y MI ESPECIALIDAD SON LOS LIBROS ESCALOFRIANTES, AUNQUE ÚLTIMAMENTE HE DESCUBIERTO UNA NUEVA PASIÓN: ¡LOS VIAJES POR TODO EL MUNDO EN BUSCA DE AVENTURAS!
HOLA, YO SOY REBECCA. LEO DICE QUE TENGO MUY MAL CARÁCTER, ¡PERO NO ES VERDAD! Y SI NO, PREGUNTAD A MIS AMIGOS LOS MURCIÉLAGOS, LAS ARAÑAS Y LAS SERPIENTES. ELLOS OS CONTARÁN LO DULCE QUE PUEDO SER...

¿QUÉ TAL, TRIPULACIÓN? ME LLAMO CHARLIE Y SOY EL TÍO DE ESTOS TRES BRIBONCETES. HE VIAJADO POR TODO EL MUNDO Y HE DESCUBIERTO QUE... ¡ESTÁ LLENO DE MISTERIOS POR DESVELAR!
HOLA, CHICOS. ¡YO SOY LEO! NO SE LO DIGÁIS A MIS HERMANOS, PERO ES EVIDENTE QUE SOY EL MÁS GUAPO DE LA FAMILIA. ADEMÁS, ¡ESTOY DISPUESTO A COMERME EL MUNDO!
¡ENCANTADO DE CONOCEROS! ME LLAMO MARTIN Y ME ENTUSIASMA LEER, ES COMO VIAJAR CON LA IMAGINACIÓN. PERO ¿QUERÉIS SABER UNA COSA? ¡LAS MEJORES AVENTURAS SON LAS QUE SE VIVEN DE VERDAD!

1
¿JUGAMOS A LAS ADIVINANZAS?

Antes la gente escribía cartas para intercambiarse noticias.

O postales, si quería mandar un saludo afectuoso desde algún lugar lejano. Pero ahora, ¿quién lo hace? Tenemos el correo electrónico, los SMS, Facebook y todas esas chaladuras que habéis inventado los humanos. A mí también me parecen cómodas, lo reconozco, y alguna vez incluso las he usado (soy un *pipistrellus sapiens*, no lo olvidéis), pero ¿acaso todo esto se puede comparar con un romántico sobre de vuestra amada, su aroma a jazmín, y esa letra llena de espirales y filigranas, y el precioso sello que despegáis y guardáis? ¡Ni hablar! ¡No sabéis lo que os habéis perdido!

El caso es que la carta con la dirección escrita a mano en tinta violeta que llegó a casa de los Silver despertó gran curiosidad. Primero, porque iba dirigida personalmente a Martin, Rebecca y Leo. Segundo, porque no contenía una hoja de papel sino una fotografía de la solemne fachada del Museo Británico de Londres, con un 4 escrito a mano en uno de los extremos. Y, final-

mente, porque en el reverso había una misteriosa frase garabateada por la misma persona:

No necesito esperar para emprender, ni éxito para perseverar.

H. C.

—¿De dónde sale esta carta? —preguntó Rebecca observando la foto.

—Y sobre todo, ¿quién es el chalado que la manda? —añadió Leo.

Martin, en cambio, arrugó la frente y se concentró en las iniciales: H. C.

—¿Puede ser de algún pariente tuyo, Bat? —preguntó Leo—. ¿Alguno al que también le encante escribir?

—No, creo que no. Además, en mi familia no hay nadie con un nombre que empiece por hache.

—Por hache... —reflexionó mi amigo—. Como

Helen, Hardy, Hannah, Hugo, Howard, Henrietta, Herbie, Horatio, Heidi...

—Es suficiente, Leo, ya lo pillamos —le cortó Rebecca—. Además, ¿quién dice que la hache sea del nombre? ¿Y si fuera el apellido?

—Mmm, apellidos con hache... tipo Harrison, Hall, Harris, Holmes, Hobbes, Harvey...

—¿Quieres parar de una vez? Era un decir.

—Solo quería echar una mano —contestó Leo—. En estos casos hay que ir por eliminación.

—O quizá por deducción —intervino Martin, que ya había encendido el ordenador y estaba

buscando la página web del museo más grande y famoso de Londres.

—Bien, veamos... El 4 podría referirse al número de la sala... y en concreto... Ya está: ¡a la de las estatuas egipcias! Puede que ese H. C. esté relacionado con el Antiguo Egipto. ¿Quién será?

A nuestro cerebrín solo le bastaron unos pocos clics para encontrar la segunda respuesta.

—¡Lo tengo! —exclamó triunfante—. ¡Es una frase de Howard Carter!

—Ya decía yo que tenía que ser un Howard... —dijo Leo encantado—. Pero... ejem... ¿quién es este tal Carter?

—Solo uno de los mejores arqueólogos de todos los tiempos —contestó irónico su hermano—. ¡Nada más y nada menos que el descubridor de la tumba de Tutankamón!

—¿Tutankamón? —dijo Leo poniéndose pálido—. ¡No, por favor! ¡Se acabó! ¡Ya nos encontramos a su familia una vez y no fue nada divertido!

Martin no le hizo caso.

—Solo hay una persona que pueda habernos enviado una cosa así... —murmuró.

—Creo que ya sé a quién te refieres —comprendió enseguida Rebecca.

—Por desgracia, yo también —gimió Leo.

Yo no dije palabra, pero a aquellas alturas tampoco me costaba adivinarlo.

A vosotros tampoco, ¿verdad, amigos?

—¡EL TÍO CHARLIE! —gritaron a coro los tres hermanos.

Charles Ferdinand Augustus Vol au Vent Templeton o, sencillamente, «tío Charlie». El primo estrafalario de la señora Silver, un apasionado sin límites de todo lo que oliera a antiguo y misterioso. Heroico y despistado, alocado y con una suerte infinita, imparable y patoso. Cuando aparecía, es que había una aventura en el horizonte. Normalmente, una aventura fantástica y ¡muy, muuuy peligrosa! Y aunque eso picaba la curiosidad de aquellos atolondrados de Martin y Rebecca, también hacía saltar la alarma a la gente juiciosa y prudente como yo y como Leo, que levantó las manos al instante.

—¡Ni hablar! Ese loco es capaz de cualquier cosa con tal de perseguir sus sueños de gloria. Da igual lo que proponga, esta vez iréis vosotros solos. No contéis conmigo. Y Bat está de acuerdo. ¿Verdad, Bat?

Yo estaba a punto de decir que sí, pero me lo impidió una punzada en el estómago. ¿Cómo iba a escoger entre mis tres amigos? Y además, ¿quién protegería a Rebecca en caso de peligro? ¿O quién arriesgaría las alitas por ellos en los momentos críticos?

No contesté.

—¡No me lo puedo creer! —se enfadó Leo—. ¿Es que soy el único que le tiene cariño a su pellejo?

—Corta el rollo, miedica —lo hizo

callar Rebecca—. Aún no sabemos por qué nos ha escrito y ya estás muerto de miedo. Espera a ver qué quiere, al menos.

—Ya sé qué quiere: ¡desafiar al destino y jugarse el cuello! —gruñó Leo poniéndome mala cara.

—Podemos hacer una llamada para saber si quiere vernos —sugirió Martin.

—Y después les pedimos a mamá y papá que nos lleven a Portwind a pasar unos días de saludables vacaciones —añadió Rebecca—. Así descubriremos en persona qué tiene el tío Charlie en mente. ¿Fácil, no?

—Como beber un vaso de agua... —dijo sarcástico Leo— ¡envenenado!

2
UN MUERTO ALTÍSIMO

Rebecca pidió a la señora Silver que llamara a su primo para preguntarle si le parecía bien que sus sobrinos fueran a pasar unos días a Portwind, a su inquietante casa del acantilado.

—Esto me vendrá de perlas —dijo contento el señor Silver—. Precisamente estaba pensando en pintar el comedor. Sin los chicos será más fácil.

¡Pobre Leo! No tenía escapatoria. Preparó el equipaje protestando y refunfuñando. Como no sabía con qué iba a encontrarse, además de la

MdE, su Mochila de Emergencia, con los chismes más increíbles, hizo dos maletas enormes: una con ropa para ir al Polo Norte y otra al Ecuador.

Sus hermanos hicieron más o menos lo mismo. Incluso yo metí en la maleta de Rebecca algunas chaquetas que me había hecho mi amita.

—Pero chicos —dijo la señora Silver—, ¡si solo estaréis unos días!

—Sí, pero ya sabes cómo es el tío Charlie, mamá: es capaz de llevarnos un día a la playa y al siguiente a la montaña... —explicó Rebecca—. Es mejor ir preparados.

Durante el viaje en coche, Martin siguió contándonos cosas sobre el arqueólogo Howard Carter, sus fantásticos descubrimientos y, sobre todo, la gran tenacidad que le había guiado durante toda la vida.

—No se rendía nunca. Cuando estaba convencido de algo, llegaba hasta el final como fuera. Aunque el éxito se hiciera esperar.

—Tal como dice su frase —dijo Rebecca—. Un gran tipo...

—¡Otro fanático a la caza de problemas! —la cortó Leo—. ¿Fue feliz, al menos?

—Bastante. El único sueño que no logró fue casarse con el gran amor de su vida: Evelyn, que era la hija de lord Carnarvon, o sea, el millonario que financió todas sus excavaciones.

—¿Y por qué no se casó con ella? ¿Era demasiado feo?

—No, era demasiado pobre. Ella le quería, pero en aquella época no estaba permitido que un buscador de tesoros sin blanca se casara con la hija de un noble.

—¡Qué historia más romántica! —dijo Rebecca con un suspiro.

—¿Romántica? —se enfadó Leo—. ¡Para morirse de pena, querrás decir!

—¡Tú siempre tan bruto e insensible!

En cuanto bajamos del coche, se desató uno de esos temporales que solo ocurren en las costas inglesas. Abrimos los paraguas (yo las alas...) y salimos disparados hacia la entrada de la vieja casa de piedra del tío Charlie que, con el resplandor de los relámpagos, tenía un aspecto aún más tétrico que de costumbre.

—¡Qué asco de tiempo! —comentó el señor Silver tirando de la campanilla de bronce que hacía de timbre.

No contestó nadie.

—¡Bonita manera de empezar! —se quejó Leo al momento.

—Mirad, la puerta no está cerrada con llave... —dijo Rebecca, que se dio cuenta al bajar el picaporte.

Entramos. La casa estaba envuelta en la oscuridad. Solo se distinguían las inquietantes sombras de horripilantes peces disecados y retratos de viejos marineros que parecían guiñarnos el ojo desde sus marcos carcomidos.

—¿Charlie? —lo llamó la señora Silver, a quien no impresionaban nada las rarezas de su primo—. ¿Estás aquí?

Me adelanté y entré en la sala del primer piso. En medio del desorden habitual y el montón de trastos apilados en las estanterías, distinguí una mesita dispuesta con una tetera humeante, cinco tazas y una bandeja con galletas de chocolate.

—¡Ahora sí que nos entendemos! —dijo Leo lanzándose sobre las galletas.

Rebecca, en cambio, encendió una pequeña lámpara de pie y leyó la nota que había junto a la bandeja. Estaba escrita en la misma tinta violeta de la carta:

No tardaré en volver. Por desgracia, tenía que acabar un experimento urgente. No os preocupéis por los chicos, ¡nos divertiremos un montón!

Tío Charlie

P. D.: ¿Os apetece una taza de té en mi ausencia?

Nos tomamos el té (incluido yo, aunque sigo sin entender qué ven de especial en ese agua caliente y sucia) y nos comimos las tres o cuatro galletas que había dejado Leo. Después nos despedimos de los señores Silver, que ya se iban.

—Con este tiempo, preferiría no conducir de noche —comentó el señor Silver—. Chicos, saludad de nuestra parte al tío Charlie y decidle que nos llame cuando se canse de teneros aquí.

—¿Y si me canso antes yo de él? —replicó Leo—. ¿Vendréis a buscarme?

—No seas tontorrón, Leo, y diviértete —dijo su madre con una sonrisa—. Y sobre todo: ¡sed prudentes!

Después me susurró al oído las palabras que solía decirme cuando me quedaba solo con sus hijos:

—Te los confío, Bat. Procura que no corran ningún peligro y que no hagan tonterías.

Resumiendo: al final nos quedamos los cuatro solos. El temporal no tenía pinta de amainar y los relámpagos iluminaban las habitaciones de la casa con repentinos jirones de luz. Leo propuso ir a la cocina.

—Solo para ver qué hay en la nevera —explicó—. Por si tenemos que prepararnos la cena nosotros mismos. Con el tío Charlie nunca se sabe...

Por desgracia, en cuanto pusimos el pie en la cocina, se fue la luz.

—¡Genial! ¡Lo que faltaba! —gruñó Leo fastidiado.

—Bueno, ¿qué problema hay? —le regañó Rebecca—. Eso significa que haremos una romántica cenita a la luz de las velas.

—¿Sabes que estoy hasta el gorro de tu romanticismo? —dijo Leo con un bufido—. Voy a ver qué hay... —continuó, yendo hacia la nevera. O, mejor dicho, hacia la sombra oscura que había en una esquina, aunque a mí no me pareció que tuviera forma de nevera. Más bien parecía un armario grande con... ¡cabeza! O, para ser más exactos, la funda de un contrabajo gigantesco.

Pero cuando Leo tiene hambre, pierde el mundo de vista. Agarró el mango de la puerta la puerta y tiró de ella. Un chirrido siniestro resonó por toda la cocina justo cuando un rayo atravesaba las nubes e iluminaba de pleno el sarcófago de madera que mi amigo acababa de abrir: ¡en el interior una figura cadavérica de un metro noventa de alto, con una nariz enorme, unos grandes bigotes y con las manos cruzadas sobre el pecho!

VEAMOS
QUÉ HAY EN
LA NEVERA
PODEMOS
CENAR A LA LUZ
DE LAS VELAS

3
NADA DE ANORAKS

Rebecca fue la única que no gritó del susto.

Leo y yo nos habíamos lanzado bajo la mesa, pálidos y temblorosos, mientras Martin daba un paso atrás y se colocaba en posición de defensa.

—¡TÍO CHARLIE! —exclamó mi amita mirando fijamente a la supuesta momia—. ¿Qué demonios haces ahí dentro?

Al oír aquello, Leo y yo salimos con cautela de nuestro escondite.

Ahora que la luz había vuelto, la cocina ya no parecía tan tenebrosa y lo pudimos ver todo «más claro»: ¡La momia en cuestión era el tío Charlie!

—¡Hola, chicos! ¡Hola, Bat! ¿Cómo va la vida? —nos saludó él como si nada, saltando del ataúd de madera y empezando a desenrollarse las vendas de la cabeza y del cuerpo, que no le dejaban moverse.

—¿Que cómo va la vida? —se enfadó Leo—. Iba mucho mejor antes de que nos pegaras este susto. ¿Se puede saber en qué estabas pensando?

—Lo siento mucho, no quería asustaros. Solo estaba haciendo un experimento...

—¿Un experimento? —replicó Leo—. Del estilo «¿cómo provocar un infarto a un niño de nueve años?».

—No, no, estaba intentando meterme en la piel de una momia.

—¿La piel de una momia? —preguntó Rebecca mirándonos alucinada.

Sabíamos que el tío Charlie era muy original, pero siempre lograba sorprendernos.

—Sí —contestó él—. Estaba pensando en las tumbas de los faraones y de repente me he preguntado qué se sentiría estando vendado dentro de un sarcófago.

—Así, sin pensarlo mucho, yo diría que uno debe de sentirse bastante... muerto —dijo Leo.

—¿Por qué te interesan las momias? —preguntó Martin—. ¿Tiene algo que ver con la carta que nos has escrito?

—¡Pues claro! Por cierto, ¿habéis conseguido descifrar mis pistas?

—La frase de Carter y la sala 4 del Museo Británico —asintió Martin—. Las dos están relacionadas con el Antiguo Egipto, ¿verdad?

—¡Sí! ¿Y sabéis qué hay en la sala? —preguntó el tío Charlie con una mirada nerviosa—. ¡La barba ornamental de la Gran Esfinge!

—Menuda máquina de afeitar necesitarían para cortársela —bromeó Leo.

—¡Era de piedra! —lo cortó el tío Charlie sin pillar la broma—. La encontró un oficial inglés, un tal Richard William Howard-Vyse. ¿Y sabéis qué más descubrió?

—¿Los bigotes de la Esfinge? —siguió mi amigo en tono burlón.

—Tío Charlie —intervino Rebecca—, ¿por qué no te dejas de adivinanzas y nos dices de una vez qué te ronda por la cabeza?

Él se limitó a sonreír con aire misterioso. Después se sentó a la mesa de la cocina e hizo un gesto a sus sobrinos para que también hicieran lo mismo. Yo me encaramé al hombro de Rebecca.

—¡Egipto es una tierra fascinante!, ¿no os parece? —exclamó entusiasmado—. ¡Llena de misterios y preguntas sin respuesta!

—¿Por ejemplo? ¿Por qué dan tanto asco las momias? —propuso Leo.

—No, por ejemplo: quién proyectó las pirámides, por qué embalsamaban a los gatos o... dónde acabó la nariz de la Esfinge. ¡Es para quitarte el sueño!

—Yo duermo como un bebé —replicó mi amigo—. Sobre todo después de una pizza de salami picante y una copa gigante de helado de turrón.

—No le hagas caso, tío Charlie —dijo Rebecca—. Sigue.

—Ha llegado el momento de contestar a una de esas preguntas —sentenció él en tono solemne—. ¡Tengo motivos para creer que la nariz de la Gran Esfinge no se perdió!

—¿Quééé? —saltó Martin mientras Leo se tocaba la nariz preocupado—. ¿Por qué lo dices? ¿Tienes alguna pista?

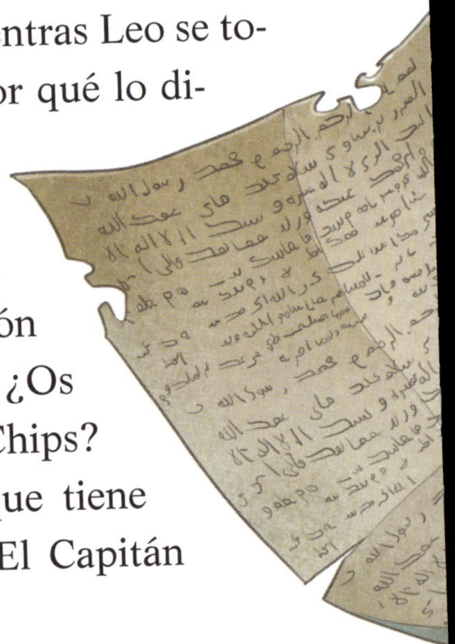

—Tengo algo mejor —contestó el tío Charlie con una sonrisita mientras sacaba de un cajón un papel viejo y amarillento—. ¿Os acordáis de mi amigo Cornelio Chips?

—El vendedor de chismes que tiene una tienda cerca del puerto... El Capitán Miope.

—Sí, él. Pero no lo llaméis vendedor de chismes, podría ofenderse. De hecho, quien consigue una cosilla como esta es que tiene madera de arqueólogo. ¡Mirad y alucinad!

Y, diciendo esto, nos enseñó la hoja de papel. Estaba cubierta de una letra muy junta y casi no se podía leer.

Martin agudizó la vista.

—Está en árabe...

—¡Exacto! Pero Cornelio también me ha conseguido la traducción —dijo el tío Charlie sacando del bolsillo de la chaqueta un papelito doblado en cuatro—. Escuchad:

Ahora comprendo que la idea de un arqueólogo no se toma en serio según su valor, sino según la fama que tiene el arqueólogo. Y yo, que soy un simple ayudante de campo, un trabajador, tengo tantas posibilidades de que me escuchen como una hormiga en medio de una manada de camellos. ¡A pesar de que he averiguado dónde acabó la nariz de la Esfinge! Si supierais cuántas bromas y humillaciones he tenido que soportar... Nadie me cree. Aun así, no dejo de repetirlo y escribirlo, con la esperanza de que algún día, aunque sea lejano, alguien me tome en serio: el jeque Saim-ed-Dahr no destruyó la nariz de la Gran Esfinge de Giza en el siglo XIV, como se ha creído siempre. La arrancaron muchos años antes y la enterraron sana y salva bajo la arena del desierto. Yo he visto los pasadizos que atraviesan el cuerpo de la Gran Esfinge. Alguien debería tener el valor suficiente para continuar la búsqueda justo donde se inte-

rrumpe y donde, por desgracia, tuve que detenerme yo. ¡Preveo gloria y riqueza para el que tenga ese valor!

SALIM EL RABAT,
17 de junio de 1878

—Bueno, a mí la gloria no me importa —comentó el Leo de siempre.

—Si es por eso, a mí no me importa la riqueza —añadió Rebecca.

—A mí no me importa ni lo uno ni lo otro —dijo Martin por último—. Pero...

—Pero la historia de la nariz te intriga, ¿verdad? —lo pinchó el tío Charlie.

—Bastante... —admitió nuestro cerebrín.

—Entonces, si este fin de semana os propusiera una caza del tesoro por los alrededores de las pirámides, ¿os interesaría?

Los Silver se miraron entre sí con una expresión que en el caso de Martin y Rebecca decía claramente «por supuesto» y, en el caso de Leo, «por supuesto que no». En cuanto a mí, la verdad es que no me parecía mal. De hecho, era la oportunidad de visitar a mi primo Bat Aled: vivía por allí y hacía mucho tiempo que no lo veía.

—¿Qué me decís, marineros? —insistió el tío Charlie, convencido de que nos tenía pillados.

—Digo que si lo hubiera sabido antes —contestó Leo, resignándose a la voluntad de la mayoría— habría dejado el anorak en casa...

4

LAS TUMBAS REALES

Ah, el avión! No me acostumbraré nunca.

¿Cómo puede volar un trasto tan grande sin mover las alas? Sobre todo si está al mando un chiflado como Red Ronda, el fiel piloto personal del tío Charlie. Como era ya habitual, despegamos del aeropuerto privado de Flapdown a bordo del famoso PN 1317. Enseguida apareció a nuestros pies el inmenso mar azul y ahí se quedó buena parte del viaje, que fue bastante tranquilo si no tenemos en cuenta los inquietantes ruidos que iba soltando el avión.

Al final me dormí y soñé que una momia de metro noventa con una nariz y unos bigotes gigantescos perseguía a mi primo Bat Aled. ¡Por todos los mosquitos! Cuando viajo en avión siempre tengo unas pesadillas horribles.

Unas tres horas más tarde, después de un aterrizaje «quitahipo» en una pista secundaria del aeropuerto internacional de El Cairo, nos encontrábamos en un ruidoso taxi de color blanco y ne-

gro conducido por otro loco, esta vez con el pelo rizado y un bigotito fino y cuidado. El hombre tenía la música a todo volumen y no paraba de hablar, en árabe claro, convencido de que alguno de nosotros lo entendía (y sorpresa: ¡resulta que el tío Charlie lo chapurreaba un poco!). Al más mínimo problema, tocaba la bocina y esquivaba el caótico tráfico como un auténtico acróbata. Y de vez en cuando sacaba la cabeza por la ventanilla y gritaba a los peatones que, según nos traducía el tío Charlie, le impedían el paso. Yo, escondido en la mochila de Rebecca, hacía lo imposible por no vomitar.

Resulta que el taxista nos estaba explicando

que El Cairo tiene quince millones de habitantes, incluyendo los alrededores, y que es la ciudad más poblada de Egipto, la más grande de África y la número doce del mundo. Viendo aquel caos no me costaba creerlo: ¡parecía un hormiguero!

Después de una horita en este plan, me di cuenta de que nuestra meta no era la capital sino una pequeña ciudad a unos veinte kilómetros al sudoeste, en la orilla occidental del río Nilo: Giza. O si preferís decirlo en árabe, El Gizeh.

¿No os suena? Tranquilos. A mí tampoco me sonaba hasta que me atreví a sacar la cabeza de la mochila al salir del taxi y, frente a mí, reconocí la imagen que había visto en el ordenador de Leo: ¡las pirámides de Egipto! Una de las siete

maravillas del mundo... ¡Por el sónar de mi abuelo, qué emocionante!

Se nos olvidaron de golpe el cansancio y las molestias del viaje y nos quedamos extasiados ante aquella majestuosa y solemne belleza. (¿Qué os ha parecido esta?)

—¡Uau, parecen tres tartas heladas! —dijo Leo asombrado mientras sacaba su cámara de fotos.

El tío Charlie rió satisfecho.

—¡Bienvenidos a la necrópolis más importante del mundo!

—¿Necro... qué? —preguntó Leo.

—Necrópolis —explicó Martin como de costumbre—. Significa «ciudad de los muertos». Ahora lo llamamos cementerio. Pero antes se creía que los muertos seguían viviendo en el «Más Allá», igual que hacían «Más Acá».

—¿Me estás diciendo que eso es un... cementerio?

—Pues sí. Las pirámides son tumbas —siguió

el «profesor» Martin—. En concreto, tumbas reales. Estas tres llevan el nombre de los faraones para las que fueron construidas: Keops, Kefrén y Micerinos. Calculan que se construyeron hace casi cinco mil años.

—¡Fantástico, Martin! —le felicitó su tío—. Si hubiera sabido que venías tan preparado, no habría contratado un guía para esta tarde. La puesta de sol es el mejor momento para ver las pirámides. Y ahora vamos a dejar las maletas y a comer algo. ¿Os parece bien?

—¡Nos parece genial! —asintió Leo entusiasmado—. Cuando se viaja, es muy importante conocer la cocina local. ¿Me equivoco?

El tío Charlie había reservado dos habitaciones (una para él y una para nosotros) en el Hotel Desierto, un hotelito que estaba muy cerca de las pirámides.

Por desgracia, el nombre fue como un mal presagio, porque no nos recibió nadie. El tío Charlie tuvo que tocar la campanilla cuatro o cinco veces hasta que por fin vino un tipo en camiseta, con el pelo rizado y un bigote negro, que además parecía recién salido de la cama.

—¿Qué desean?

—Me llamo Charlie Templeton y he reservado dos habitaciones con vistas a las pirámides.

—Ah, sí. Aquí están... habitaciones 13 y 17. No son supersticiosos, ¿verdad? Por cierto, debo advertirles que estamos haciendo obras en el hotel y que los albañiles empiezan a trabajar muy pronto. Así que no habrá agua caliente y puede que la fría a veces no funcione.

—No hay problema —contestó el tío Charlie mientras los

hermanos Silver se miraban preocupados—. Tenemos un poco de hambre. ¿Podemos comer algo?

—Lo siento, la cocina está cerrada. Pero puedo ofrecerles té hirviendo.

—¿Té hirviendo? —dijo Leo asombrado—. ¿Es que quiere acabar con nosotros?

—No —intervino su tío—. El director tiene razón. Es una bebida típica de esta zona y además muy refrescante, ya verás.

El hombre volvió poco después con una bandeja y cinco vasitos con un líquido ámbar y humeante.

—Aquí está —dijo con aire triunfante—. Té con menta. Contrarresta el calor del desierto. Pruébenlo...

Lo probamos (Leo, tan tragón como siempre, se quemó la lengua. Yo, a escondidas, tomé un

poco del de Rebecca). Tuvimos que darle la razón: ¡el calor del té anulaba el calor del aire!

Subimos a nuestras habitaciones un poco más animados, pero las cosas no mejoraron: Martin se quedó con el picaporte de la puerta en la mano, Rebecca con el grifo del agua y, cuando Leo se tumbó en la cama, se pinchó el trasero con dos muelles.

—Lo siento, chicos —se disculpó su tío—. Tenía que buscar algo barato. Pero no os preocupéis. Esta noche os llevaré a cenar a un restaurante y nos recuperaremos. ¿Contentos?

Intentamos descansar un poco, pero el calor era insoportable y el ventilador del techo funcionaba a trompicones. ¡Por todos los mosquitos! Cuando a Leo estaba a punto de darle un ataque de nervios, el dueño vino a avisarnos de que el guía nos estaba esperando en la entrada. Menos mal. A lo mejor un poco de cultura nos «refrescaba» las ideas.

5
PARA PASAR, HAY QUE PAGAR

Bienvenidos a Egipto! —se presentó con una reverencia un tipo sonriente, con la cabeza rapada y una nariz incluso más grande que la del tío Charlie—. Me llamo Mustafá Muhammad Abdullah Hafez, pero podéis llamarme Mustafá. Os guiaré por los misterios del Antiguo Egipto.

—No serás pariente del dueño del hotel, ¿no? —preguntó Leo preocupado.

—Aquí todos somos parientes —replicó el guía riendo.

—Empezamos bien... —murmuró Leo hundiéndose la gorra en la cabeza.

Un cuarto de hora más tarde nos encontrábamos de nuevo a los pies de las pirámides (al menos el Hotel Desierto tenía una ventaja: ¡estaba cerca!), rodeados de tenderetes de recuerdos, beduinos que ofrecían paseos en camello y decenas de turistas con la nariz apuntando al cielo, como nosotros.

Después, Mustafá empezó a contarnos cosas. Nos habló de los tres faraones para los que se habían construido las pirámides: Keops, su hijo y su sucesor Kefrén, y Micerinos, el hijo y sucesor de este. Nos habló de la habilidad de los arquitectos que, al proyectar las pirámides, fallaron por un pelín la inclinación de los lados, y del aspecto que tenían en el pasado, cuando las paredes estaban forradas con losas blancas y las puntas con paneles de oro. También nos explicó que, al contrario de lo que se creía, no las habían construido los esclavos sino obreros pagados que incluso habían convocado una huelga para protestar contra las condiciones de trabajo.

—¡Me parece estupendo! —dijo Rebecca indignada—. Cuando algo no está bien, hay que hacerse oír.

—¿Se puede entrar? —preguntó Martin con curiosidad.

—Solo en la grande. Pero no os lo recomiendo: el pasadizo que lleva a la estancia real es muy estrecho y a algunos turistas les entra claustrofobia. Además, al ver la Sala del Rey os llevaríais una desilusión. Es muy pequeña y no hay nada excepto un sarcófago de mármol destapado.

—Estoy de acuerdo con el señor Mustafá —dijo Leo al instante.

—Qué lástima —se lamentó en cambio Rebecca—. ¡Habríamos respirado el polvo de los siglos!

—Genial, pero yo me contento con respirar el aire de hoy —replicó su hermano.

—¿Podríamos ir por el otro lado? —preguntó el tío Charlie impaciente—. Me gustaría ver la Esfinge de cerca...

Es verdad: la magia de aquel lugar había hecho que todos nos olvidáramos del objetivo principal de nuestra expedición. Bueno, ¡todos menos el tío Charlie!

Rodeamos la pirámide de Keops y, junto a la gran avenida que conducía a la tumba del faraón, vimos la cuarta maravilla del lugar: una estatua enorme con el cuerpo de un animal recostado y un rostro noble, fiero y... ¡sin nariz!

—Aquí la tenéis, la guardiana de la necró-

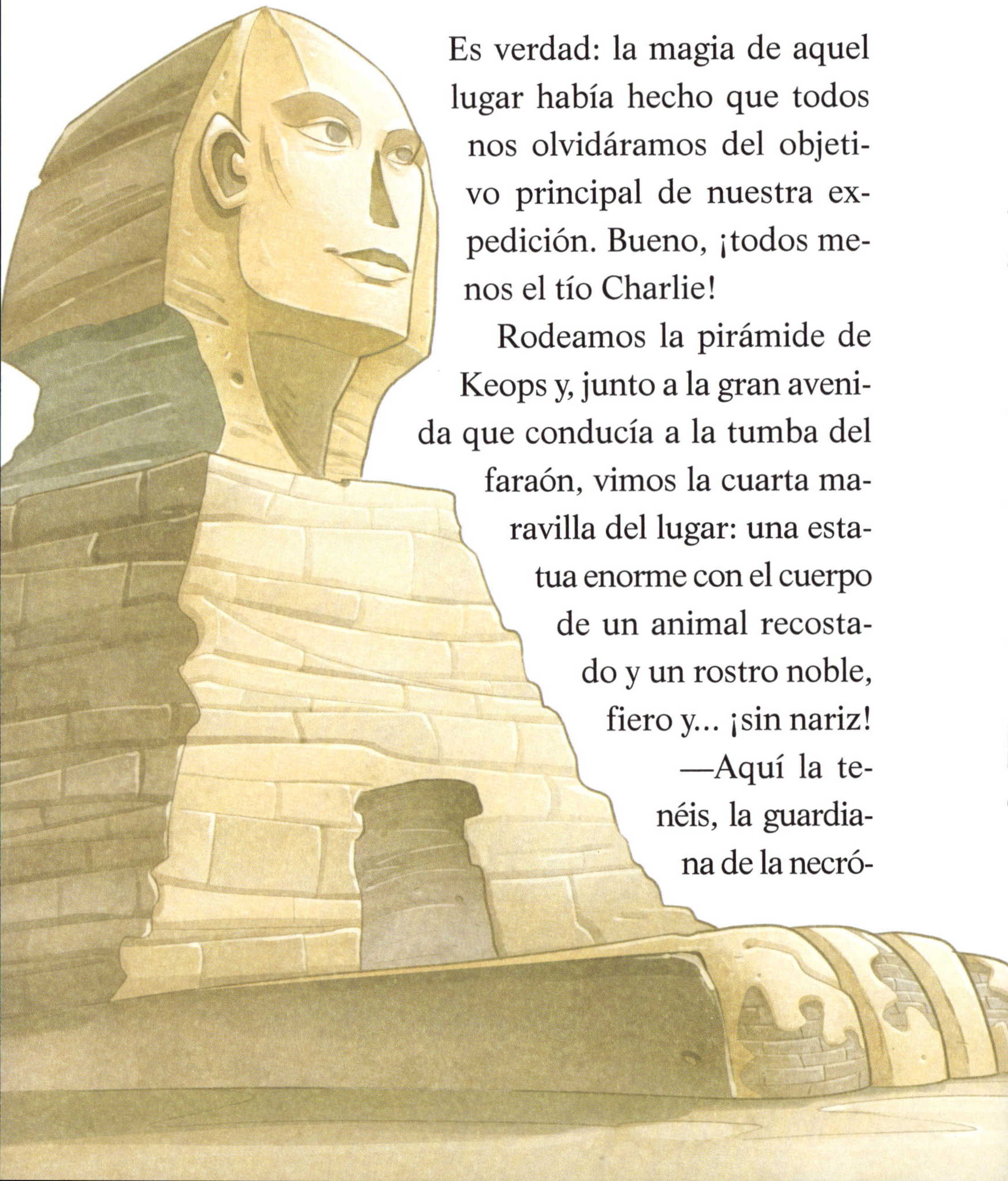

polis. La primera que saluda al sol cada mañana —dijo Mustafá con una sonrisa, señalándola—. Es la estatua más grande del mundo y está esculpida directamente en la roca.

—Es preciosa —susurró el tío Charlie entrando prácticamente en éxtasis.

—¿Qué animal es? —preguntó Rebecca con curiosidad.

—Podría ser un león, pero lo más probable es que sea un perro: el animal que representa al dios Anubis, el barquero que lleva las almas al Más Allá.

—Pero no tiene cara de perro... —objetó Leo.

—Según la mitología egipcia, la Esfinge tenía cuerpo de animal y rostro de hombre. Antes la cara estaba pintada de rojo y durante algunos siglos fue lo único que estuvo a la vista. El resto estaba enterrado bajo la arena que había traído el viento. Los romanos, los árabes e incluso Na-

poleón la vieron así. Hasta que, a principios del siglo XIX, los arqueólogos volvieron a excavar y, después de mucho trabajo, el cuerpo volvió a ver la luz del sol.

—Es fascinante —comentó Martin maravillado—. Sigue.

—Durante las excavaciones encontraron algunos trozos de la barba de piedra que tenía bajo el mentón (y que ahora están en el Museo Británico). También descubrieron una tabla de piedra que explicaba un misterioso episodio ocurrido miles de años atrás. Seguidme, quiero enseñárosla...

Bajamos con Mustafá al recinto de la Esfinge y nos acercamos a las enormes patas anteriores: en el centro, colocada en vertical, había una tabla de piedra rosácea.

—La llaman «la Estela del Sueño» —siguió nuestro guía, señalándola—. Cuenta que un día un príncipe se paró a descansar bajo la sombra de la gran estatua. Cuando se quedó dormido, la voz de

la Esfinge le habló en sueños y le prometió que, si la liberaba de la arena, le haría pasar por delante de sus hermanos mayores y lo convertiría en faraón. El príncipe se despertó y ordenó que empezaran enseguida las excavaciones. La Esfinge cumplió su promesa: poco después, el príncipe subió al trono con el nombre de Tutmosis IV.

—Yo siempre sueño lo mismo —se lamentó Leo—. Tengo un pavo relleno delante y, cada vez que acerco el tenedor, el bicho se escapa. ¡Es una auténtica pesadilla!

—¿Y esa cara representa a alguien en concreto? —preguntó Rebecca levantando la vista.

—Hay muchas teorías sobre el tema. Aunque hoy en día los arqueólogos creen que Kefrén hizo esculpir la Esfinge en honor a su padre. Así que la cara debía de ser la del faraón Keops.

—¿Y Keops tenía nariz? —bromeó Leo.

—Pues claro que tenía. Y muy grande, a juzgar por su momia. Parece ser que un jeque árabe la destruyó a mazazos.

—Pero nosotros sabemos que no es verdad... —se le escapó a mi amigo, que se puso rojo inmediatamente.

—¿Y eso? —preguntó Mustafá divertido—. No seréis de los que os creéis la leyenda de que la nariz se perdió y está escondida por los alrededores, ¿no?

—¡Pues claro que no! —exclamó el tío Charlie—. Hasta los niños saben que eso solo son tonterías. Pero me gustaría saber más sobre los pasadizos que se excavaron bajo la Esfinge. He oído decir que hay cuatro...

Mustafá vaciló un segundo antes de contestar.

—¿Por qué os interesan?

—Oh, es pura curiosidad —disimuló el tío Charlie—. Si no me equivoco, uno de ellos empieza por la parte de atrás... —añadió dirigiéndose hacia allí.

—¡Quieto, *sahib*! —gritó Mustafá—. No se puede entrar. Hace falta un permiso especial.

—¿Y cómo se puede conseguir?

—Hay que presentar una solicitud por escrito, esa solicitud la examina una comisión que después la presenta al superintendente, etcétera, etcétera. En resumen, la cosa es larga.

—¿Y no hay forma de acortarla? ¿Sabes?, me gustaría mucho ver la Esfinge de cerca. Mejor dicho... ¡por dentro!

—Bueno, se puede intentar —contestó Mustafá volviendo a sonreír—. Pero supondrá un pequeño gasto extra...

—Creo que podremos llegar a un acuerdo —replicó tío Charlie devolviendo la sonrisa al guía.

6
SUEÑOS INQUIETANTES

La respuesta llegó un par de horas más tarde en el restaurante al que el tío Charlie, cumpliendo su promesa, nos había llevado. Se llamaba Falafel y nos lo había recomendado el propio Mustafá.

—Aquí todos somos parientes —dijo riendo el propietario (que, vaya casualidad, era primo de nuestro guía)—. ¿Qué os apetece comer?

—¡De todo! —contestó Leo atándose la servilleta al cuello.

Al poco rato empezaron a desfilar toda clase

de platos bajo nuestras narices (la mía también, porque mi cariñosa Rebecca dejaba caer trocitos de todo en la mochila): raviolis fritos, albóndigas de habas y especias fritas, rollitos de hojaldre con queso, pinchos de pollo picante, estofado de cordero a las finas hierbas, ensalada de berenjena, habas hervidas con salsa de yogur, ajo y menta, una lluvia de dátiles, racimos de uva e higos secos y, para acabar, pastelitos variados rebosantes de azúcar y miel. Todo esto regado con litros de granizado de karkadé, una bebida fresquísima a base de flores de hibisco (nos gustó a todos menos a Martin, que la encontró malísima). Fue una cena histórica. Cuando aca-

bamos, lo único que queríamos era quedarnos apoltronados y recuperar el aliento.

Pero en ese momento, silencioso como una sombra, apareció Mustafá. Se sentó junto al tío Charlie y, sirviéndose un vaso de karkadé, le susurró algo al oído. Él lo miró alucinado, después negoció y finalmente le estrechó la mano. Algo me decía que habían pactado el precio para entrar a escondidas en los pasadizos de la Esfinge. El guía susurró algo más y después desapareció en la nada, tal como había llegado.

—Bueno —dijo el tío Charlie mirándonos con una sonrisa pillina—. Hemos quedado mañana por la noche. ¿Qué os parece si ahora nos vamos a dormir?

¡Dormir! ¿Y quién podía? Yo, como murciélago, no tenía esa costumbre nocturna. Y, aunque hubiera querido, no habría podido por culpa del calor y de los espeluznantes ruidos que salían de la boca de Leo. Llamarlo ronquidos sería que-

darse corto. ¡Eran más bien una mezcla entre un taladro, una batidora y un martillo eléctrico! Resumiendo, hacía un ruido infernal.

Justo cuando estaba a punto de salir en busca de aire fresco y mosquitos locales (un poco amargos, pero buenos y sabrosos) o bien ir directamente a la caza de noticias de mi primo Bat Aled, Rebecca empezó a quejarse en sueños. ¿Qué le pasaba a mi amita?

Volé hacia ella y oí que murmuraba medias

frases sin sentido mientras movía los brazos y las manos como si quisiera tocar algo. De repente, abrió los ojos de par en par y se sentó en la cama.

—¡La he visto! —gritó despertando a sus hermanos.

—¿Qué has visto? —preguntó Martin encendiendo la luz de la mesilla para ver qué hora era.

—Para, Rebecca, quiero dormir —se quejó Leo dándose la vuelta.

—¡Os digo que la he visto! —insistió ella—. La Esfinge. Pero no era de piedra, estaba viva. La he visto en la orilla del mar.

—Has tomado demasiada salsa —replicó Leo medio dormido—. El ajo juega malas pasadas cuando no se digiere bien...

Pero Rebecca no le hizo caso y siguió contando su sueño.

—Se inclinaba sobre el agua para mirarse y aún tenía nariz. ¡Después se la rascaba con una pata y se le caía al agua!

—¡Sí, claro, cómo no! Una estatua que se rasca la nariz. ¡Venga ya!

—¡Calla, Leo! —le regañó su hermano—. Sigue, hermanita...

—Después la estatua la sacaba del agua. Pero no podía volver a ponérsela y al final la escondía bajo su pata derecha. Y entonces me he despertado. ¿Qué significará?

—Ya te lo he dicho —insistió Leo—. ¡Significa que has comido demasiado!

—O que la Esfinge ha querido decirte algo. Como a Tutmosis IV.

—Genial —comentó Leo fastidiado—. Si te gusta, a partir de ahora te llamaré faraona Rebecca IV. Pero ahora apagad la luz y dejadme dormir. Buenas noches.

—Vale, vale —dijo Martin—. Buenas noches, Rebecca.

—Buenas noches, Martin. Buenas noches, Bat. ¿Tú también crees que he comido demasiado?

Naturalmente, contesté que no. Aunque eso significara que quizá el sueño iba en serio. La idea no me dejó nada tranquilo.

7

CALLE SIN SALIDA

Empezamos el día a la salida del sol. Los que nos despertaron, tal como había anunciado el dueño del hotel, fueron los albañiles que trabajaban en el tejado. ¡Por todos los mosquitos! Despertar a un murciélago cuando sale el sol es tan peligroso como interrumpir el paseo de un sonámbulo: ¡puede volverse majareta! Mis amigos también estuvieron a punto de volverse majaretas cuando intentaron ducharse: el agua iba y venía, ¡y a veces incluso cambiaba de color!

El desayuno, en cambio, estuvo bien. Pero seguíamos con tal empacho que nos contentamos con un par de pastelitos y hasta nos gustó el té hirviendo. Evidentemente, Leo era otra cosa: comió como si llevara una semana sin probar bocado.

A pesar de que era pronto, ya hacía mucho calor.

—¿Vamos al Museo Egipcio? —propuso al final el tío Charlie—. Si no recuerdo mal, hay aire acondicionado.

Aceptamos entusiasmados, aunque el taxi que nos llevó hasta allí hizo que se nos «encogieran las alas» (o «temblaran las piernas», como decís vosotros los humanos...).

Pero el sufrimiento valió la pena. Incluso yo me quedé sin aliento al ver los tesoros de la tumba de Tutankamón; en especial, la máscara fúnebre del joven faraón: ¡diez kilos de oro macizo y piedra preciosas!

—Aquí tenéis el descubrimiento arqueológico más increíble de todos los tiempos —comentó con admiración el tío Charlie—. La obra maestra de Howard Carter. ¿Os acordáis de él? Fue quien encontró la tumba intacta del faraón en el Valle de los Reyes, cuando nadie creía en él. ¡Los grandes descubrimientos requieren gran tenacidad! —acabó, mirándonos de una forma extraña. Probablemente no había dejado de pensar ni un segundo en la Esfinge.

La parte más inquietante de la visita fue la sala de las momias y, para mí en concreto, la de los animales momificados. Pues sí. Porque esos simpáticos egipcios no se contentaban con embalsamar a la gente. También disecaban a los animalitos que habían amado en vida o que podían protegerlos cuando estaban muertos. Así que venga a momificar perros, gatos, caballos, musarañas, carneros, gacelas, cocodrilos e incluso ibis, halcones, peces y escarabajos minúsculos. Algunos estaban tan planos que parecía que los hubiera aplastado un camión. Por suerte, no vi murciélagos. Los humanos nunca nos han considerado amuletos o animales domésticos (excepto los Silver, claro. Un día de estos tendré que preguntarles si tienen la intención de momificarme cuando me llegue la hora...).

Volvimos al Hotel Desierto a última hora de la tarde. El calor empezaba a dejar paso lentamente a la brisa de la noche. Nos dimos otra ducha (sí, por mucho que odie el agua, esta vez yo también me di una remojadita) y cenamos en el hotel. La verdad es que no estuvo mal. Después subimos a la habitación hasta la hora de nuestra cita.

Para matar el tiempo, Leo sacó un videojuego

portátil bastante cruel que, menuda casualidad, se llamaba «La tumba del faraón». El objetivo del juego era llegar a la Sala del Rey y eliminar a todos los que intentaran impedirlo: momias, arañas, serpientes e incluso... ¡murciélagos!

—¡Es horrible! —protestó Rebecca dirigiéndome una mirada de compasión.

—Pero puedes entrar en una pirámide sin salir de la habitación. Además, los murciélagos que pulverizas en la pantalla no son de verdad —contestó Leo sin parar de apretar como un loco las teclas de la consola—. ¡Diana!

Cuando el sol empezó a ponerse, salimos con la excusa de ver las pirámides al atardecer. Y, en cuanto se hizo de noche, fuimos a escondidas hasta la Esfinge. Mustafá apareció ante nosotros sin hacer un solo ruido. Ni siquiera mi finísimo oído pudo captar el menor sonido. ¿Cómo lo hacía?

—Vamos. Hay que darse prisa...

Rodeó la Esfinge y, al llegar a la parte posterior, se subió a la base y se metió en una abertura que apenas se veía. Excepto Leo, que casi se cae, todos lo siguieron sin dificultad. Una vez dentro, Mustafá redujo el paso y encendió una linterna minúscula.

—Ya estamos... —dijo iluminando el pasadizo que se adentraba en el cuerpo de la estatua.

—¡Ajá! —exclamó complacido el tío Charlie—. ¡Tenía razón cuando decía que aquí había una galería!

—¡Bravo, *sahib*! —lo felicitó el guía—. De hecho, se han descubier-

to tres pasillos más: uno detrás de la Estela del Sueño, otro detrás de la cabeza y otro en la cara norte. Pero son muy cortos y no llevan a ningún sitio. En cambio, este se adentra unos quince metros y, según algunos arqueólogos, no acaba ahí. Lo abrió el egiptólogo Howard-Vyse, uno de los exploradores más tenaces de la zona y el primero en entrar en la pirámide de Micerinos.

—¡El de la barba! —recordó Leo.

—Exacto —asintió el guía—. Evidentemente, buscaba algo...

—¡Bien, pues adelante! —dijo el tío Charlie—. ¿A qué esperamos?

—¿Se puede saber por qué os interesan tanto estas galerías? —preguntó Mustafá con curiosidad.

El tío Charlie lo miró vacilante y después, temiendo quizá que el guía cambiara de idea, sacó del bolsillo de la camisa el valioso documento en árabe que le había dado Cornelio Chips. Mustafá le echó una ojeada rápida y luego soltó una gran carcajada. ¡Estaba llorando de risa! El tío Charlie le lanzó una mirada ofendida.

—Vosotros primero —dijo entonces el guía, empujándonos suavemente sin parar de reír—. Yo iré detrás para alumbraros.

Nos metimos en fila india por el estrecho pasadizo. El aire era sofocante y me costaba respirar incluso a mí, que debería estar acostumbrado a los ambientes cerrados de las cuevas. Aun así, solo rompieron el silencio fantasmal los lamentos de Leo y una frase de Martin que me puso los pelos de punta:

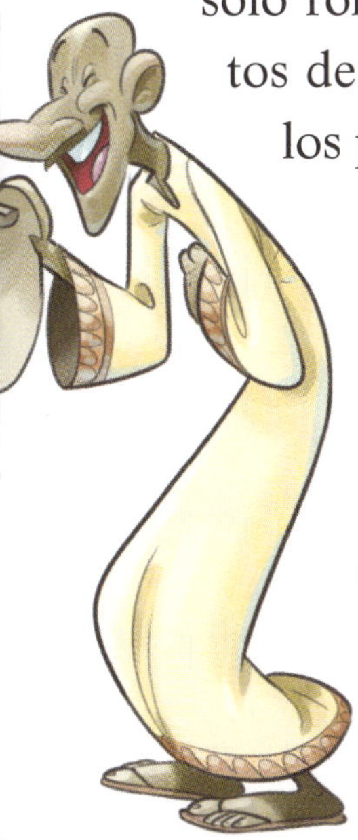

—Caramba, se me han empañado las gafas...

Eso nunca es una buena señal. De hecho, como sabéis perfectamente, ¡era un aviso de que se acercaban un montón de problemas!

Fuimos a paso rápido hasta el lugar en que el pasadizo se interrumpía.

—¿Y ahora? —preguntó el tío Charlie lleno de esperanza.

—Ahora se ha acabado la vuelta en tiovivo —contestó Mustafá empezando a reír otra vez—. ¿Qué esperabais encontrar? ¿Una narizota de piedra?

El tío Charlie dio unos golpecitos en la roca.

—Debería haber traído un pico... —murmuró desconsolado.

Mustafá le oyó y contestó con otra carcajada:

—Habría estado bien, *sahib*. Así habrías podido salir de aquí.

Después apagó la linterna y nos dejó a oscuras. Un segundo antes de quedarnos sin luz, vi que el guía tenía un extraño tatuaje detrás de la oreja: un triángulo con dos circulitos negros en el centro.

—¡Pero qué haces, Mustafá! —gritó alarmado el tío Charlie.

¡Admitiréis que la situación no era nada tranquilizadora!

¿Y AHORA?

DEBERÍA HABER
TRAÍDO UN PICO...
HABRÍA ESTADO
BIEN, SAHIB

Y menos aún lo que oímos después: los pasos del guía alejándose a toda prisa, otra carcajada y, finalmente, un resplandor silencioso seguido del ruido sordo de algo que se venía abajo. ¡Por el sónar de mi abuelo! ¿Qué había pasado?

No tardé en averiguarlo. Volé hacia allí y mi sónar me indicó enseguida que una montaña de rocas había bloqueado la galería. ¡Estábamos atrapados!

Volví atrás para dar la noticia a mis amigos y me encontré a Leo con una gran linterna encendida (¡menos mal que no se separaba nunca de su MdE!) y al tío Charlie enseñando el bolsillo vacío.

—¡El documento! ¡Mustafá me ha robado el documento!

8
UN MURCIÉLAGO GOR... DÍSIMO

A veces me pregunto cómo se las habrían arreglado sin mí.

Si no hubiera conseguido salir por el agujero que vi entre el montón de rocas, seguramente habrían encontrado sus huesecillos blancos decenas de años después. Pero ahora que estaba fuera, ¿qué? No podía ir al hotel a pedir ayuda al propietario. En el mejor de los casos, acabaría recibiendo un garrotazo en la cabeza. La única opción posible era llamar a mi gente o, mejor aún, buscar en serio a Bat Aled.

Lancé tres LUM («Llamada Universal Murcielaguesca»), una especie de SOS que conocen todos los murciélagos del mundo. Lo había aprendido en los cursos de la patrulla acrobática de mi primo Ala Suelta. Al principio no contestó nadie, pero después mi sónar captó un aleteo que se acercaba, hasta que me rodeó un grupito de murciélagos de la fruta, la especie más común de la zona.

—¡Eh, amigo! —dijo uno de ellos—. ¿Qué pasa?, ¿te has perdido?

—Hola, chicos. No, no me he perdido. Soy Bat Pat y busco a mi primo. Sé que vive cerca de las pirámides. Se llama Bat Aled. ¿Sabéis dónde puedo encontrarlo?

Los murciélagos se miraron conteniendo una risita.

—¿Cerca de las pirámides? ¡Ese gandul vive dentro! ¿Ves la pirámide más pequeña? Siempre está allí metido.

—¿Queréis decir que no sale nunca?

—Nunca. En fin, salúdalo de nuestra parte cuando lo veas.

Volé hacia la tumba de Micerinos un pelín desanimado. ¿Cómo iba a ayudarme alguien que nunca sacaba la nariz de casa?

Gracias al plano que había en un cartel turístico, me resultó fácil encontrar la entrada de la pirámide. Pero la abertura no era mucho mayor que la del pasadizo de la Esfinge y además, a medida que avanzaba, se iba estrechando. ¡Por todos los mosquitos! Hacía un calor espantoso y no tenía nada claro que aquel agujero llevara a algún sitio. Recordé el videojuego de Leo. ¿Y si alguien me disparaba? Llegué a una especie de cuello de botella tan estrecho que no podía ni abrir las alas para volar. Aun así, mi sónar me decía que al otro lado había un espacio más grande. Me apreté contra las paredes y, haciendo un gran esfuerzo, llegué a una pequeña estancia cúbica iluminada por una suave luz que se colaba por una grieta del techo. En el centro había una pila de mármol oscuro y en su interior se veía algo.

—¿Aled? —susurré—. Aled, ¿estás ahí dentro?

Oí un ruidito y después resonó una voz entre las paredes del sarcófago.

—¿Quién osa turbar el sagrado sueño del dios Murciélagus, protector de todos los mamíferos voladores?

—¿Aled...? Soy yo, Bat Pat...

Una carita con un morrito gordinflón y simpático y una especie de turbante en la coronilla se asomó por el sarcófago.

—¿Bat Pat? ¡BAT PAAAT! ¡Primo mío, menuda sorpresa! ¿Qué haces por aquí?

Despaché rápido el tema saludos y le expliqué la complicada situación en la que me encontraba. O mejor dicho, la situación en la que se encontraban mis amigos humanos. Después de convencerle de que no eran peligrosos, aceptó ayudarme.

—¡Tienes suerte, primo! Puedo llevarte al interior de la Esfinge en un abrir y cerrar de ojos. Soy el único que conoce el pasadizo que conecta directamente esta pirámide con la estatua. Solamente hay un problemilla...

—¿Y cuál es?

—Que no tengo muy claro que yo pueda pasar —dijo él decidiéndose a salir de su escondrijo.

Me quedé boquiabierto: Bat Aled era prácticamente... ¡redondo! Sí, resumiendo, estaba más gordinflón que Leo y le costaba mucho moverse.

—Pero ¿cómo te has puesto así? —le pregunté sin poder creer lo que veía.

—Es culpa de los turistas. La pirámide tiene una especie de pozo y los turistas tiran de todo... incluso restos de galletitas, patatas fritas, pastelitos de chocolate... ¡Mmm, están buenísimos! Desde que lo he descubierto intento no acercarme, pero es demasiado tentador. Y ya ves. Ahora estoy tan gordo que no puedo salir de aquí. Hace tres años que no veo el cielo.

—¿Puedes volar, al menos?

—Eso sí. No soy tan rápido como antes, pero puedo enseñarte el camino. ¡Vamos!

Levantó el vuelo con gran dificultad. Zumbaba como un abejorro, pero se movía con mucha seguridad por aquellos pasadizos de piedra. Sin él, seguramente me habría perdido. Al llegar al pasadizo secreto que me había comentado, se detuvo.

—Yo no quepo. Tendrás que ir solo...

—Ni hablar —contesté yo—. Mete la cabeza y cierra los ojos. Puede que duela un poco...

Bat Aled obedeció sin rechistar y yo cogí carrerilla para ejecutar la famosa Coz de Burro, un pequeño número acrobático de la escuela de Ala Suelta muy útil en aquel tipo de situaciones. Acerté de pleno y Aled aterrizó al otro lado sin sufrir muchos daños.

—¡Genial, primo! ¡Esto podrá serme útil! No te olvides de enseñármelo antes de irte.

Volamos varios metros en plena oscuridad. Pero poco después mi primito no aguantaba más y tuvimos que seguir andando.

—Estás a punto de entrar en un sitio que muy pocos han visto —me avisó—. Cuidado con los escalones, son espantosamente... ¡EMPINADOS!

Demasiado tarde. Aled se agarró a mí y bajamos la escalera rodando.

Él no se hizo daño porque la barriga amortiguó el golpe, pero yo me levanté un poco magullado.

Por suerte, me sentí mucho mejor en cuanto reconocí la voz de Rebecca diciendo: «¡Cuánto has tardado!».

9
LA SALA DE LA NARIZ

Leo, encantado de volver a verme, encendió la linterna que había apagado para ahorrar batería: lo primero que vi yo es que estaba en una estancia subterránea muy grande y con inscripciones en las paredes. Lo primero que vieron los Silver fue un murciélago con un barrigón espectacular.

—Es mi primo Aled —dije haciendo las presentaciones—. Y estos son Martin, Rebecca y Leo.

—¡Caramba, colega! —comentó Leo mirándolo—. Casi me haces quedar mal.

—Tendrías que hacer un poco de ejercicio —añadió Martin—. Te sentaría bien, ¿sabes?

—Y vosotros dos deberíais meteros en vuestros asuntos —soltó Rebecca—. No les hagas caso, Aled, estás perfecto tal como eres.

¡Vaya con Rebecca! Cuando se trata de un animalito simpático e indefenso, es capaz de olvidarse de todas sus manías sobre la dieta y la forma física.

—¿Cómo habéis acabado aquí abajo? —pregunté con curiosidad—. ¿Y el tío Charlie? ¿Dónde está?

—Pues ni idea —explicó Martin preocupado—. Cuando te has ido, ha cogido una de las piedras que han caído y se ha puesto a picar la pared del fondo del pasadizo hasta que ha abierto un boquete en el punto más fino. Después le hemos ayudado a agrandar la abertura y nos hemos metido en el pasadizo que había detrás. Al cabo de unos metros, el suelo se ha hundido bajo nuestros pies. Nosotros nos hemos caído aquí dentro... y a él le hemos perdido de vista.

—A lo mejor tu primo puede decirnos dónde estamos y cómo salir de aquí —intervino Leo.

—Si mis cálculos son correctos —le contestó Aled mirando a su alrededor—, deberíamos estar bajo la pata derecha de la Gran Esfinge. Matusalén, un viejo murciélago que vivía en la pirámide antes que yo, me habló de este sitio. Pero hasta ahora no había conseguido encontrarlo. Él lo llamaba «la Sala de la Nariz».

Al oír aquello, todos estiramos las orejas.

—¿La nariz? ¿Qué nariz?

—¡Pues la de la Esfinge, claro! Creo recordar que la sala era lo suficientemente grande para que cupiera entera.

—¿Quieres decir que la nariz de la Esfinge estaba aquí? ¿Y quién la metió dentro?

—Ah, eso no lo sé. Pero Matusalén me dijo que había una carta de piedra que lo explicaba todo. Nunca he entendido qué quería decir...

—Una carta de piedra, ¿eh? —reflexionó Martin mirando a su alrededor—. Alúmbrame, Leo.

Repasamos las paredes de la sala y, entre los misteriosos símbolos que la decoraban, vimos una inscripción que no parecía egipcia. Tanto es así que conseguí descifrarla incluso yo. Decía lo siguiente:

—Otra vez con las adivinanzas —refunfuñó Leo—. ¿Y quién se supone que es ese R.W.H.V?

—¡Son las iniciales de Richard William Howard-Vyse! —exclamó Martin—. ¿Os acordáis? El tío Charlie nos habló de él antes de venir a Egipto. Y Mustafá también. Está claro que Howard fue el primero en descubrir este sitio. Y, por lo que dice la inscripción, encontró la nariz de la Esfinge, la transportó hasta el puerto de Alejandría y desde allí la mandó a Inglaterra.

—¡Es una lástima que no llegara! —añadió Rebecca—. Si no ahora estaría en el Museo Británico, con la barba. ¿No?

—Hay algo que no cuadra... —murmuró Martin—. Pero ya tendremos tiempo de pensar en eso. Por favor, Bat Aled, ¿puedes sacarnos de aquí?

—Claro, es facilísimo —contestó él—. Subid esa escalera de ahí al fondo y seguid hasta el final del pasillo. ¡No tiene pérdida!

—¿Y el tío Charlie? —dijo Rebecca.

Para encontrarlo solo tuvimos que volver al punto en que se había hundido el suelo. Algún día oiréis decir a algún arqueólogo que la Esfinge está llena de grutas y galerías: ¡pues es una gran verdad! El tío Charlie había acabado en una de ellas. Leo sacó una cuerda y lo subimos. Por suerte no se había hecho nada, salvo un golpe en la nariz.

Después Martin le enseñó el camino que llevaba a la salida (Aled y yo ya habíamos salido). Cuando el tío Charlie vio la Sala de la Nariz, se quedó boquiabierto. Y se sorprendió aún más cuando recorrió el estrecho pasadizo que atravesaba la pirámide de Micerinos y salió al exterior. Entonces miró el cielo y pronunció una frase histórica:

—Cuando el juego se pone duro, los tipos duros empiezan a jugar, aunque sea a costa de romperse... ¡la nariz!

Aled y yo, que revoloteábamos en el cielo estrellado a pocos metros de distancia, soltamos una carcajada.

—¡Pero ese guía ha intentado quitarnos de en medio! —exclamó Leo entonces.

—Sí —le apoyó sorprendentemente Rebecca—. ¿Y quién dice que no volverá a intentarlo?

—¡Que lo intente! —replicó el tío Charlie muy decidido—. ¡Ya verá con quién se las tiene!

—¿Y el documento? —preguntó Martin.

—Tengo una fotocopia. Para encontrar lo que buscamos, será más que suficiente. Mañana mismo nos vamos a Alejandría.

¿Ya? ¡Eso significaba que tenía que despedirme de Bat Aled justo después de volver a vernos!

—¿Por qué no vienes con nosotros? —le propuse esperanzado.

—Gracias —contestó él conmovido—. Pero ahora mi vida está aquí y no sé si me acostumbraría al jaleo de una gran ciudad. ¡Adiós, primo! ¡Que tengas mucha suerte!

—¡Tú también! —murmuré con tristeza—. ¡Y deja de zamparte la comida de los turistas!

10
¡ME ENCANTA EL KARKADÉ!

Alejandría, la segunda capital de Egipto! La ciudad que fundó Alejandro Magno, después fue conquistada por los romanos, los bizantinos, los persas, los árabes, los turcos, los franceses, los ingleses y, finalmente, volvió a manos egipcias. ¡Ah, los hombres! Y pensar en lo fácil que sería la vida si la gente se contentara con lo que tiene y dejara en paz lo de los demás.

En fin, ahora estábamos allí. La ciudad en la que se habían alzado el faro más alto de la antigüedad, hundido por un terremoto, y la biblioteca más importante del mundo, destruida por un incendio. Y donde quizá se escondía el último misterio del Antiguo Egipto: ¿había salido realmente de aquel puerto la nariz de la Esfinge? Y si era así, ¿dónde había acabado?

Esas preguntas se hacía el tío Charlie mientras salíamos de El Cairo en el destartalado jeep que habíamos alquilado. El traqueteo no nos impidió dormir a pierna suelta durante el viaje, y yo incluso tuve una especie de pesadilla: ¡soñé que Bat Aled compraba una madalena gigante en forma de nariz!

Al llegar, nos había despertado bruscamente el típico tráfico caótico de las ciudades egipcias: un vaivén infinito de vehículos, coches de caballos, autobuses, camiones, bicicletas y motocicletas ensordecedoras que se entremezclaban con una multitud de gente ruidosa y vestida con ropa colorida que iba y venía sin parar.

Decidimos aparcar el jeep y seguir a pie hasta el puerto. Íbamos al antiguo Archivo Naval, donde el tío Charlie esperaba encontrar información sobre las expediciones comerciales del lejano 1838.

Metido en la mochila de Rebecca, veía cómo aumentaba la muchedumbre a nuestro alrededor y me preguntaba si nos las podríamos arreglar solos. Atravesamos una gran plaza rectangular y acabamos justo en uno de los zocos de la ciudad. ¿Que qué es un zoco? No, no es una clase de granizado (como creía Leo). Es un mercado permanente, un laberinto de callejuelas cubiertas, estrechas y repletas de tiendas donde venden de todo: desde fruta hasta alfombras, desde joyas hasta especias, desde zumos hasta vestidos.

Salí de la mochila y miré a mi alrededor, temiendo que mis amigos se perdieran en aquel caos.

La verdad es que el tío Charlie sobresalía más de medio metro entre la multitud y era como una especie de bandera para los Silver, pero yo había prometido a su madre que cuidaría de ellos y eso era exactamente lo que pensaba hacer. Aun así, el griterío y los olores de las callejuelas eran tan fuertes que la cabeza empezó a darme vueltas y llegué a creer que tenía alucinaciones...

Por ejemplo, me pareció que una chica de grandes ojos negros nos miraba fijamente. Y habría jurado que, entre la muchedumbre, había un tipo con la cara medio cubierta y la mirada malévola que se parecía... ¡al bribón de Mustafá! Después vi que el hombre en cuestión se acercaba a Leo y, mientras mi amigo miraba al infinito, le ponía la zancadilla y le hacía caer sobre un montón de objetos de metal. ¡Qué desastre! Jarros, platos y bandejas con grabados rodaron por el suelo armando un jaleo tremendo.

La cosa empeoró aún más cuando Leo se le-

vantó con la cabeza metida en un jarrón de cobre y empezó a dar bandazos para quitárselo mientras el comerciante, diciéndole de todo, intentaba pararlo agarrando las asas del jarrón. La chica de ojos negros, que debía de haber visto toda la escena, seguía allí.

De repente, una voz que me sonaba gritó: «¡Al ladrón!». La gente nos miró, sobre todo a Leo, y se apiñó a nuestro alrededor creyendo que habíamos intentado robar algo. El tío Charlie quiso explicarse en árabe, pero eso aún empeoró las cosas. Solo había una solución: ¡salir pitando!

—¡Por aquí! —gritó el tío Charlie apartando la gente a codazos. Martin y Rebecca cogieron de la mano a Leo, que no veía por dónde iba, y tiraron de él. Pero algunos empezaron a seguirnos mientras otros iban dando la voz de alarma de callejuela en callejuela. Seguramente no habríamos salido vivos de allí si no hubiera tenido una «inspiración acrobática». Mientras mis amigos corrían por las estrechas callejuelas, hice caer encima de nuestros perseguidores uno de los toldos que daban sombra: quedaron todos atrapados, removiéndose como peces en una red. Bueno, casi todos. Tres hombres también con la cara medio tapada que habían conseguido esquivar la trampa aún nos seguían e iban ganando terreno (uno de ellos, estaba casi seguro, tenía los mismos ojos

que Mustafá). El tío Charlie lo vio y giró bruscamente a la izquierda, pero se topó con un portillo abierto que le detuvo. De repente, de la oscuridad salió un bracito que tiró de él y de los chicos hacia dentro (yo entré por mi cuenta y me colé en la mochila de Rebecca) y después cerró la puerta a toda prisa. Nos quedamos en la penumbra, conteniendo la respiración. Oímos cómo se alejaban los pasos de nuestros perseguidores. ¡Los habíamos despistado!

Mientras Leo intentaba quitarse el jarrón como un desesperado, los demás se acostumbraron a la oscuridad y finalmente vieron esos enormes y oscuros ojos que yo ya había reconocido.

—Me llamo Nawal —dijo la chica que nos había estado observando en el zoco—. Bienvenidos a mi casa. ¿Por qué os seguían esos hombres?

Nawal hablaba nuestro idioma y las presentaciones fueron fáciles. Pero Martin, que la miraba con una expresión que no le había visto nunca, continuó:

—Bueno... creían que mi hermano era un ladrón... A ver, algunas veces roba cosas de la nevera... pero después han empezado a perseguirnos y tú... En fin, gracias por ayudarnos... ¿Te han dicho alguna vez que tienes unos ojos increíb... ejem, quiero decir... ¿podrías decirnos cómo llegar al Archivo Naval?

Nosotros lo miramos incrédulos mientras la risa de Nawal resonaba en el patio.

—A veces el calor juega malas pasadas, sobre todo a los turistas. ¿Os apetece un poco de karkadé fresco?

—¡Karkadé! ¡Me encanta el karkadé! —exclamó Martin dejándonos de piedra.

11
BARCOS «FANTASMA»

Fue un descanso muy refrescante! Nawal nos llevó al patio, nos sirvió las bebidas y empezó a hacernos muchas preguntas. Cuando Rebecca me sacó de la mochila, en vez de gritar como hacía casi todo el mundo, me cogió delicadamente entre sus brazos y me acarició con dulzura. ¡Qué manos tan suaves tenía! ¡Y qué ojos! Era normal que Martin estuviera tan embobado.

Rebecca y ella conectaron enseguida. Leo, que por fin había conseguido quitarse el jarrón de la cabeza, se había lanzado sobre los pastelitos de miel que nos habían servido con la bebida. Martin iba por su decimocuarto vaso de karkadé (solo porque lo había preparado Nawal) y no paraba de hacer cumplidos exagerados (y muecas horribles a escondidas). En cambio, el tío Charlie parecía mucho más interesado en la calle que llevaba al viejo Archivo Naval de la ciudad.

—Os puedo acompañar —nos dijo Nawal. Martin dio un brinco—. Mi tío es el responsable. Aquí todos somos parientes, ¿sabéis?

Dicho y hecho. Nos pusimos en marcha y seguimos a nuestra nueva amiga por las calles y paseos que llevaban al puerto. Aunque quizá debería decir puertos. Sí, porque Nawal nos explicó que

antes Alejandría tenía dos puertos (el oriental y el occidental), separados por un gran dique que conectaba la antigua isla de Faro con tierra firme. En aquella islita construyeron un faro para guiar a los barcos y le pusieron el nombre que todavía conserva: el Faro de Alejandría, claro.

Perdonad este alarde de cultura, pero era para explicaros que la sede del Archivo estaba en un viejo edificio que daba al puerto oriental. Fuimos a pie y cuidando de no encontrarnos a nadie desagradable.

Nawal habló con un empleado, que habló con otro, que telefoneó a un tercero, que nos llevó a un cuarto que informó al secretario del vicedirector, que llamó al vicedirector que, finalmente, avisó al director, un tal Samir Barakat.

—¡Nawal, cariño! ¡Cuánto tiempo! —la saludó su tío, un agradable señor de barba y bigotes blancos como la nieve—. ¿Desde cuándo te dedicas a la navegación?

—Oh, no he venido por mí, tío Samir. Acompaño a estos amigos. Ellos te explicarán lo que están buscando...

Y así fue. De hecho, yo solo me enteré a medias porque iba dando cabezaditas en la mochila. Solo me desperté cuando bajó la temperatura y aumentó la oscuridad (a nosotros la oscuridad nos hace el mismo efecto que a vosotros la luz: ¡nos despertamos!); o sea, cuando bajamos al sótano del Archivo y el anciano Samir, con una especie de linterna en la mano, nos guió por un laberinto de viejas librerías de madera llenas de polvo.

De repente, se detuvo frente a una estantería tambaleante con el número 1838 escrito en rojo.

—Veamos... —dijo el hombre poniéndose las gafas—. ¿Os interesa algún mes en especial?

—Octubre... —contestó el tío Charlie emocionado—. Principios de octubre...

El tío de Nawal quitó las telarañas de un gran

libro de piel y empezó a pasar las páginas, amarillentas por el paso del tiempo y mordisqueadas por las polillas.

—Julio... agosto... septiembre... ¡Aquí está! ¡Octubre de 1838!

Deslizó el dedo sobre las decenas de barcos que habían salido hacia Inglaterra y, entre una carga de especias y una de telas, encontró finalmente lo que buscábamos: un barco con valiosos

restos arqueológicos que provenían de la necrópolis de Giza y se dirigían a Londres a bordo del *Beatrice*, por encargo de sir Richard William Howard-Vyse.

—¡Aquí está! —exclamó entusiasmado el tío Charlie—. ¡Es él!

—¡Claro, el *Beatrice*! —recordó el hombre de repente—. Hace unos meses hablaron de este barco por la tele. Sabíais que se hundió durante el viaje, ¿no?

—Por eso no llegó a Londres —señaló Rebecca.

—¿Se hundió? —preguntó alarmado el tío Charlie—. ¿Qué quiere decir?

—Quiere decir que se perdió su valiosísima carga. Al parecer, los arqueólogos han identificado el lugar del naufragio. Está en el Mediterráneo. Pero es un punto muy profundo y costaría demasiado dinero recuperar los restos.

—¿Qué es lo que transportaba, exactamente? —preguntó Martin, olvidando por un segundo a Nawal.

—Oh, diversos objetos que Howard-Vyse descubrió en la necrópolis de Giza —explicó Samir—. En especial, el sarcófago que encontró en la pirámide de Micerinos.

—Y, naturalmente, la nariz más importante del mundo... —murmuró el tío Charlie volviéndose hacia nosotros con la expresión más triste que había visto nunca.

Ahora todas sus esperanzas yacían para siempre en el fondo del mar.

12
CUSCÚS Y VIEJOS CUADERNOS

Por fin pudimos salir de aquellas catacumbas. Debíamos de tener la desilusión pintada en la cara, porque el tío Samir se sintió obligado a disculparse por no haber podido ayudarnos y nos ofreció karkadé helado para refrescarnos (naturalmente, Martin no dejó escapar la oportunidad de susurrarle a Nawal que el suyo era mucho más bueno).

Nos fuimos del Archivo bastante moscas (es

una expresión vuestra que me encanta). Era casi la hora de comer.

—¡Ay, mecachis! —exclamó el tío Charlie perdiendo el control—. ¡Estábamos tan cerca...!

—¿Qué hacemos? —preguntó Leo, que tenía hambre y los pies hinchados.

—No sé, no puedo pensar... —gruñó su tío—. Ahora ya da igual. Podemos dar una vuelta y esperar un golpe de suerte.

Al oír aquello los hermanos Silver y yo nos miramos entre sorprendidos y preocupados, pero no nos atrevimos a decir nada.

Nawal nos sacó del apuro:

—Hay un proverbio árabe que dice: «Cuando no puedes

pensar, siéntate, relájate y después vete a almorzar».

—¡Es un proverbio genial! —dijo Leo entusiasmado—. ¡Propongo que lo sigamos al pie de la letra!

—Seguro que mi madre estará encantada de invitaros a comer. ¿Os gusta el cuscús?

Leo contestó que sí aunque no tenía ni idea de qué era. Martin se lo explicó:

—El cuscús es un plato típico del norte de África. Es una sémola de grano hecha al vapor que se puede acompañar con diferentes ingredientes: verduras hervidas, carne, pescado o salsa picante.

—Mi madre siempre lo hace con carne de cordero y verduras. ¡Ya veréis qué bueno está!

Media hora después ya conocíamos a toda la familia de Nawal: al padre, la madre, la abuela y los cuatro hermanitos. Naturalmente, querían saberlo todo sobre nosotros. Así que Nawal, con el permiso de Rebecca, también me presentó a mí. Ni os cuento los gritos de sorpresa y asombro: todos querían acariciarme y cogerme en brazos, sobre todo los hermanos pequeños. Evidentemente, me habían confundido con una muñeca.

La familia estaba encantada de tener invitados a comer y en pocos minutos prepararon un banquete digno de un sultán en la gran terraza de su casa. Trajeron el cuscús y seguimos charlando mientras comíamos con las manos del gran plato que habían puesto en el centro de la mesa (¡ya os podéis imaginar los puñados de Leo!). Cómo no, acabamos hablando del motivo de nuestra visita a Alejandría y, en concreto, al Archivo Naval.

Cuando Nawal acabó de traducir las respuestas del tío Charlie sobre el *Beatrice* y Howard-

Vyse, la abuela dio un respingo sobre su cojín, abrió los ojos de par en par y empezó a farfullar unas palabras incomprensibles.

—¿Se encuentra mal? —preguntó alarmado el tío Charlie.

—A lo mejor se ha atragantado... —sugirió Leo.

—No, no le pasa nada —nos tranquilizó Nawal mientras la familia se apiñaba alrededor de la abuela—. Solo dice que su bisabuelo repetía muchas veces ese nombre, «Vyse».

—¿De verdad? ¿Puedes preguntarle por qué? —pidió el tío Charlie con curiosidad.

La respuesta de la anciana fue tan sorprendente como inesperada.

—Ha dicho —tradujo Nawal— que su bisabuelo le habló varias veces de este oficial inglés. Lo había alojado en casa muchos años atrás.

—Muchos años atrás... —repitió el tío Charlie, calculando que el recuerdo del bisabuelo podía remontarse al lejano 1838.

—También dice —siguió Nawal— que su bisabuelo le enseñó un cuaderno que se le olvidó en el cuarto.

—¿Y recuerda a dónde fue a parar, por casualidad? —preguntó el tío Charlie, que sentía cómo crecía su emoción.

La abuela susurró algo al oído de Nawal. Ella salió de la terraza y poco después volvió con un cuaderno de piel muy viejo. Yo huí de las garras de sus hermanitos, que no paraban de agobiarme, volé hasta el techo y me colgué de una viga. Desde allí podía ver el cuaderno con toda comodidad.

El tío Charlie, con los hermanos Silver alrededor, empezó a hojear ansiosamente aquellas páginas que el paso del tiempo había vuelto amarillas. ¡Algo me decía que allí podía esconderse una gran sorpresa!

En menos de un minuto comprendimos la importancia de aquel cuadernito. Al ver los planos de las pirámides y los esbozos y dibujos de la Esfinge que había hecho Howard-Vyse, el tío Charlie no pudo controlar la emoción. Y casi se vuelve loco cuando Martin leyó:

8 de octubre de 1838

Me he pasado casi todo el día en el puerto controlando personalmente cómo cargaban el *Beatrice*. Hemos metido en la bodega más de diez cajas. Están todas numeradas y rellenas de paja y trapos para que los golpes no estropeen los objetos que hemos encontrado en la pirámide de Micerinos. No hace falta decir que la caja más protegida es la que contiene el sarcófago. Cuando llegue la nariz, podremos irnos.

10 de octubre

Paso las horas asomado a la ventana de esta habitación, desde la que puedo ver el puerto de Alejandría. En Egipto el tiempo va muy despacio y hace mucho calor. ¡Seguimos sin tener noticias de la nariz! Empiezo a preocuparme.

11 de octubre

El capitán me ha dado veinticuatro horas más. Si la nariz no llega esta noche, mañana por la mañana el Beatrice zarpará sin ella. ¿Por qué tardan tanto?

12 de octubre

Esta mañana el Beatrice ha salido del puerto de Alejandría sin el descubrimiento más importante del siglo: ¡la nariz de la Gran Esfinge de Giza!

—¡Por las barbas de Neptuno! —exclamó el tío Charlie loco de alegría—. ¡Entonces la nariz no se hundió con el barco! ¡Podría seguir en Giza!

—Eso es imposible, tío Charlie —dijo Rebecca—. Lo has visto con tus propios ojos: la sala donde la encontraron está vacía.

Martin siguió, en busca de una explicación.

¡Las cosas no tenían que ir así! ¡Estoy furioso! Hoy mismo volveré a Giza para ver qué ha pasado. ¡Alguien tendrá que rendir cuentas de este desastre!

—¡Continúa! —exclamó el tío Charlie—. ¿Qué más dice?

—Nada. Las anotaciones acaban aquí... —contestó Martin.

—¿De verdad? Déjame ver...

Justo cuando iba a coger el cuaderno de las manos de su sobrino, uno de los tipos que nos habían perseguido por las callejuelas del zoco saltó de un tejado vecino y aterrizó en la terraza, sin que nadie lo hubiera oído acercarse. ¡Volví a reconocer los ojos de Mustafá! ¿Cómo nos había encontrado?

—¡Esto es mío! —gritó.

Agarró el cuaderno y huyó por donde había venido antes de que alguien pudiera reaccionar.

Aunque el tío Charlie no hubiera gritado «¡Al ladrón, al ladrón!», lo habría perseguido igualmente. ¿Quién podía hacerlo, sino?

13
LA SECTA DE LOS NARIZOTAS

Fue el cuarto de hora más largo de la historia. Perseguir a un murciélago ya es difícil, así que imaginaos a un humano enmascarado que salta de tejado en tejado como una ardilla.

Ala Suelta me había enseñado una táctica para estos casos: la famosa técnica del Muerde y Huye, que consiste en realizar pequeñas maniobras de estorbo y retiradas estratégicas para ir cansando poco a poco al adversario. Debo decir que funcionó, porque a base de pelos arrancados, pico-

R.W.H.V.

tazos en el cuello y mordiscos en el trasero, el ladrón empezó a dar tumbos hasta que apoyó mal el pie al saltar de un tejado a otro y acabó colgando de una cornisa. Evidentemente, no le di tiempo a recuperarse y le arranqué el cuaderno de las manos como había hecho él con el tío Charlie. ¡Con la gran diferencia de que el ladrón no podía perseguirme por el cielo! Cuando bajé a la altura de las casas me encontré a Martin y Rebecca, los únicos que habían intentado seguirme.

—¡Eres el mejor, como siempre! —gritó mi amita al verme llegar victorioso.

Martin también me felicitó y me cogió el cuaderno de las patitas. Ya sé que mis amigos me quieren... pero me fastidió un poquito que nuestro cerebrín se llevara el mérito cuando volvió con el cuaderno robado. Paciencia. Bueno, en el fondo me alegré: ¡si hubierais visto cómo lo miró Nawal!

Pero la cosa no acaba aquí. Al contrario de lo

que parecía en un principio, había más anotaciones de Howard-Vyse. Unas páginas más adelante, Martin encontró unas líneas. Estaban escritas casi un mes después y arrojaban mucha luz sobre aquellos misteriosos y ya lejanos acontecimientos.

17 de noviembre

Hasta ahora no había oído hablar de la Secta de los Narizotas. Pero después de lo que me han contado al llegar a Giza, ya no me sorprende nada.

Esta secta tiene muchos siglos de antigüedad y solo un objetivo: oponerse a la tiranía del faraón y atacar su poder como sea. Desde los inicios del reino, los Narizotas han protestado con valentía, sobre todo estropeando imágenes y estatuas que representaban al fa-

raón. Ni que decir tiene que los persiguieron sin piedad. Pero aunque a muchos de ellos los arrestaron y condenaron a muerte, nunca dejaron de actuar. Uno de sus actos más famosos fue destruir la nariz de la Esfinge. Aunque, quizá por miedo o por superstición, no la destruyeron del todo. Prefirieron esconderla en la que yo llamo la «Sala de la Nariz».

¿Por qué no se sabe nada de esta secta? Porque supondría una ofensa terrible a la grandiosidad del faraón, y los historiadores egipcios nunca la mencionan. Seguramente habría caído en el olvido si no fuese porque, hace un mes, los Narizotas volvieron a aparecer repentinamente. Algunos consiguieron mezclarse entre los trabajadores que contratamos para las excavaciones. Cuando descubrieron que tenía la intención secreta de transportar la nariz de la Gran Esfinge a través del Nilo hasta el puerto de Alejandría y de allí enviarla a Inglaterra, esperaron el momento oportuno para atacar: asaltaron y des-

truyeron la barca que estaba preparada en el río, a la altura de Jouleq, y después la hundieron. Pero quizá es mejor así. ¡Si yo no puedo llevarme el mérito de haber descubierto la nariz, prefiero que no se lo lleve nadie!

Pocas veces he visto una sonrisa tan feliz como la que vi en la cara del tío Charlie al oír aquello. No había duda: ¡la gran nariz de piedra estaba en el fondo del Nilo, esperando a que alguien lo suficientemente valiente fuera a buscarla!

Y pocas veces he visto una cara tan triste como la que puso Martin cuando el tío Charlie nos comunicó sus planes.

—¡Preparaos, chicos! —exclamó—. ¡Volvemos a Giza!

14
COCODRILOS GOLOSOS

Quién lo habría dicho? O sea, ¿quién habría dicho que nuestra «caza del tesoro» iba a llevarnos al punto de partida?

¿Y quién habría dicho que para encontrar un tesoro en el desierto tendríamos que buscar bajo el agua y no bajo la arena? Y finalmente, ¿quién habría dicho que Nawal acabaría viniendo con nosotros?

¡Ah, el poder de persuasión de las mujeres! Naturalmente, la invitación partió del tío Charlie, que quería corresponder a la hospitalidad de la familia de Nawal. Pero la sugerencia vino nada más y nada menos que de Rebecca. Nawal, por su parte, puso gran empeño en convencer a su padre de que tenía muchas ganas de ver al tío Boulif. Y la madre opinó que su hija se merecía unas vacaciones.

¡Ni os cuento cómo se puso Martin! Empezó a balbucir palabras sin sentido y se ofreció a lle-

varle la maleta hasta el jeep. ¡Parecía flotar en el aire! Yo estaba tan cansado que me pasó lo mismo que a la ida: me dormí en cuanto salimos. Esta vez soñé que la Esfinge me perseguía por las callejuelas de Alejandría, gritándome que le devolviera la nariz. Y, justo cuando conseguía despistarla, aparecía Leo y me eliminaba apretando un botón de su videojuego. ¡Por todos los mosquitos! ¿Por qué tengo unas pesadillas tan horripilantes?

Antes del anochecer volvíamos a estar a las afueras de Giza. Pero esta vez Nawal nos llevó a casa de su tío.

—El tío Boulif tiene un hotelito cerca de las pirámides. Ya veréis, estaréis muy a gusto.

—¿Cómo se llama ese hotelito? —preguntó Leo con recelo.

—¡Hotel Desierto! —contestó ella sonriente.

Nos quedamos todos con la sonrisa congelada. La idea de volver a aquel sitio no nos hacía ninguna ilusión, pero nadie tuvo el valor de decir nada.

Cuando Nawal nos hizo parar frente a la puerta, dejamos que entrara la primera y buscara a su tío. Él se acercó entusiasmado, pero en cuanto nos reconoció hizo una mueca de asombro.

—¡Te aviso, tío Boulif! Trata bien a mis amigos o se lo diré a mamá, ¿me has entendido? —dijo Nawal.

—Entendido, querida sobrinita. Les daré las mejores habitaciones —anunció él.

Pensamos que estaba bromeando, pero... mantuvo su promesa. Las camas eran blandas, las duchas funcionaban ¡e incluso había aire acondicionado! (¿Qué pasa? A los murciélagos también nos gusta el aire fresquito en las orejas).

Mientras cenábamos (y menuda cena: todo a base de verduras y pescado fresquísimo), el tío Charlie empezó a organizar nuestra expedición al Nilo. O mejor dicho, ¡al fondo del Nilo!

—El primer problema es encontrar el sitio, el segundo localizar la nariz, y el tercero buscar la forma de sacarla del agua.

—No exactamente —intervino Martin—. El tercero es ver quién se meterá en el agua, porque el Nilo está lleno de cocodrilos.

—¿Cocodrilos? —dijo Leo atragantándose con la comida—. Estáis de broma, ¿no?

—No es ninguna broma —respondió Nawal—. En el Nilo siempre ha habido este tipo de reptiles. Los antiguos egipcios los consideraban animales sagrados. Incluso uno de sus dioses, Sobek, tenía cuerpo de hombre y cabeza de cocodrilo.

—¡Qué monada! Pues yo me quedo en la orilla, gracias —dijo Leo.

—Tranquilos, chicos —intervino el tío Charlie—. Me meteré yo. Tengo el título de submarinista y, por suerte, me he traído el equipo. Vosotros os quedaréis en la barca.

—¿Qué barca? —preguntó Rebecca.

—Bueno, tendremos que buscar una, eso está claro. Alguien tendrá que...

—Ya me encargo yo —dijo enseguida Nawal—. Creo que mi tío Boulif podrá ayudarnos.

—Eso sería perfecto. Pero nos queda el problema más importante. Encontrar el sitio del que habla Howard-Vyse en su cuaderno.

—Creo que era Touleq o algo así... —dijo Martin—. ¿Tienes un mapa de la zona, tío Charlie?

—¡Pues claro! Aquí está... —contestó él extendiendo sobre la mesa una detallada carta náutica del río.

Se inclinaron todos sobre la gran hoja de papel. Pero el asunto resultó ser más complicado de lo previsto. Los oí hablar animadamente y decir varios nombres, pero no el que estaban buscando.

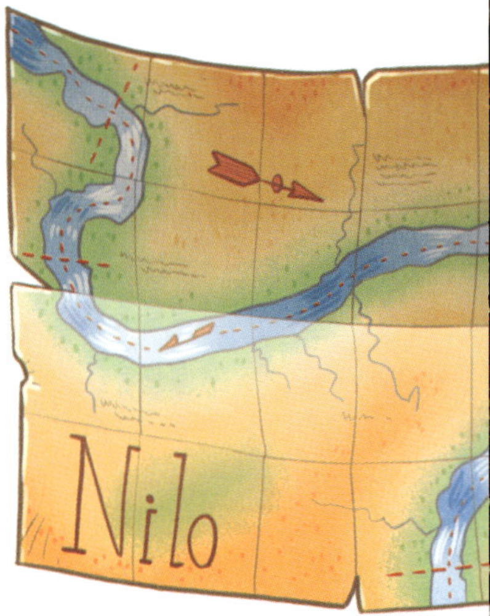

—¡Por las barbas de Neptuno! —se hartó el tío Charlie al cabo de un rato—. Por aquí no hay ningún sitio que se llame así. ¿Cómo puede ser?

—Tal vez Howard-Vyse se equivocó... —sugirió Rebecca.

—O puede que ese nombre ya no exista —añadió Nawal.

—¿Qué quieres decir? —preguntó alarmado el tío Charlie.

—Con el paso de los años, muchos lugares han cambiado de nombre —explicó ella mientras Martin la miraba con cara de besugo—. Solo necesitamos saber cómo se llama ahora.

—¡Se llama Tulq! —dijo una voz a sus espaldas—. Es un grupito de casas a orillas del gran río. No está muy lejos de aquí...

—Tío Boulif —le regañó Nawal—. ¿Nos estabas espiando?

—Ni mucho menos, pequeña. Pero la primera vez que vi a tus amigos ya me di cuenta de que buscaban algo. Y, por desgracia, cayeron en las garras de ese bribón de Mustafá.

—¿Conoce a Mustafá? —preguntó asombrada Rebecca.

—Aquí todos conocemos a ese granuja.

—Muchas gracias —replicó Leo—. Podría habernos avisado... ¡nos habríamos ahorrado un montón de problemas!

—¿Cómo iba a imaginarme que era vuestro guía? —se excusó Boulif—. Pero, ahora que sé que sois amigos de mi sobrina, podéis contar conmigo. Adelante, ¿qué necesitáis?

El tío Charlie sonrió y fue directamente al grano.

—¿Conoce a alguien que no haga demasiadas preguntas y tenga una barca grande y resistente?

15
¡A LA PESCA DEL TESORO!

Creedme: el tío Charlie vestido de buzo era un auténtico espectáculo.

Parecía que su equipo hubiera salido directamente de un museo de la marina: las botas eran enormes y con suelas de plomo, el traje era de una gruesa goma color café con leche y el casco de metal tenía una pequeña ventanilla redonda a la altura de los ojos.

«Al menos así asustará a los cocodrilos...», me dije mientras miraba desde el borde de la barca cómo se preparaba para la inmersión.

Ah, ¿queréis que os cuente lo de la barca? El tío Boulif había cumplido su palabra y nos había conseguido una embarcación con una vela triangular, como las que usan para pasear a los turistas por el gran río. Al barquero solo le habían dicho que éramos una expedición científica encargada de estudiar el estado de salud de algunos peces, y él no había querido saber más.

—¿Te ves con ánimos, tío Charlie? —le preguntó Rebecca antes de que se metiera en el agua.

—No te preocupes, cariño. Tengo experiencia en este campo. Solo espero que sea el lugar correcto. Nos habría ido muy bien tener una ecosonda para no perder el tiempo...

¿Una ecosonda? ¡Eso se parecía mucho al sónar que tenemos los murciélagos desde que nacemos! Por desgracia, no funciona bajo el agua y me sentí un poco inútil.

Pero, como siempre, teníamos con nosotros al fenómeno de Leo.

—¿Esto podría servir, tío Charlie? —preguntó sacando de su inseparable MdE un llavero con forma de hamburguesa.

—¿Es que no te cansas nunca de hacer el tonto? —le regañó Rebecca.

—¡Calla y alucina, hermanita! —replicó Leo. Apretó el centro de la hamburguesa y acto seguido empezó a parpadear una lucecita roja que emitía el típico «ping ping» de los sónares marinos.

—¡Por las tripas del Poseidón! ¡Eres un genio, jovencito! —exclamó el tío Charlie entusiasmado—. Empecemos a recorrer la orilla.

La barca se desplazó adelante y atrás a lo largo de la orilla oriental durante más de media hora, pero la sonda no detectó nada.

—¿Estás seguro de que ese trasto funciona? —preguntó Rebecca con ciertas dudas.

—¡Pues claro! —replicó Leo ofendido.

—¿Y si probamos en la otra orilla? —sugirió entonces Nawal.

Probamos y, a los pocos minutos, el llavero empezó a parpadear como un loco, emitiendo señales rápidas y seguidas.

—¡Ya está! —dijo Leo emocionado—. ¡Aquí abajo hay algo grande!

El barquero echó el ancla y el tío Charlie se metió en el agua mientras nosotros le mirábamos preocupados.

Martin se alejó a regañadientes de Nawal y se sentó cerca de la bomba de agua para asegurarse de que todo funcionaba bien y para no perder de vista la luz amarilla de señalización: dos destellos significaban «subir» y tres destellos «nariz encontrada».

Parecía que el tiempo no pasara. Revoloteé sobre el punto de inmersión, pero el agua estaba tan turbia que no se veía nada a un palmo de profundidad.

En cambio, vi a la perfección el animal que había salido de la espesura y se había metido en el río. ¡Después vi un segundo y un tercero!

—¡COCODRILOS! —grité en dirección a la barca.

Por suerte, el dueño de la embarcación también los vio y se puso a gritar señalando el agua. En ese mismo momento, la luz de emergencia se encendió dos veces.

—¡Rápido, Martin, súbelo! —gritó Rebecca.

Desgraciadamente, aquellas bestias también eran muy rápidas, y en cuestión de segundos iban a llegar al punto de inmersión: ¡un mordisco en el tubo del aire y el pobre tío Charlie estaba per-

dido! ¡Por el sónar de mi abuelo, no había tiempo que perder!

Procuré controlar el remiedo, me lancé en picado contra el morro del primer cocodrilo y le solté un bufido para llamar su atención. Cuando el animal me vio, ¡dio un salto de un metro y casi me pilla! Pero no había tiempo para el miedo. Repetí la maniobra con el segundo, que por suerte saltó demasiado bajo. Con el tercero conseguí evitar la bocaza llena de dientes pero no la cola, que me dio de pleno y me lanzó al agua.

—¡BAAAT! —gritó Rebecca desesperada al ver

que me quedaba flotando inconsciente en el agua (vosotros los humanos lo llamáis «hacer el muerto», ¿verdad? ¡Qué expresión más fea!). Pero algo había conseguido: los tres cocodrilos se habían olvidado del tío Charlie e iban directos hacia mí.

—¡Corre, Bat, corre! —gritó también Nawal.

Recuperé el sentido, pero seguía atontado. Y, por mucho que me esforzaba, tenía las alas empapadas y no conseguía levantar el vuelo. Resumiendo, estaba en la típica situación sin salida a la que me tenían (casi) acostumbrado las aventuras con los hermanos Silver.

¡Pero la «salida» llegó, inesperada y milagrosa! ¿De quién hablo? ¡Pues de mi primo Aled, por todos los mosquitos! Después me explicó que durante una caza nocturna de insectos (siguiendo mi consejo, había dejado de comer chucherías y salía de noche), unos murciélagos le habían dicho que estábamos de vuelta y había empezado a buscarnos. Afortunadamente, ¡me había encontrado justo cuando más lo necesitaba!

El caso es que, quizá porque había perdido bastante peso, o porque había recuperado la confianza en sí mismo, o simplemente porque me tenía cariño, ¡ejecutó un número acrobático extra-or-di-na-rio ante mi atónita mirada! ¡Os prometo que nunca había visto algo así! Una especie de rayo describió un triángulo perfecto en el aire y los tres hambrientos cocodrilos recibieron una patada en el morro que les hizo saltar al menos un par de colmillos. Después Aled me sacó del agua y me llevó sano y salvo a la barca, entre los vítores y abrazos de mis amigos. El barquero nos miraba alucinado.

—Me has salvado la vida —murmuré feliz a mi primo, estrujándolo de un abrazo.

Un segundo después subió a la barca el tío Charlie, que no se había enterado del peligro que había corrido, y enfrió un poco nuestro entusiasmo.

—Ahí abajo no hay ninguna nariz. Solo era una roca. Pero seguramente es el sitio correcto. Mirad qué he encontrado —dijo enseñándonos un puñal oxidado y cubierto de algas.

Nos apiñamos a su alrededor mientras el barquero volvía a la orilla. El tío Charlie secó el puñal y lo limpió lo mejor que pudo. No había duda: era muy antiguo y en el mango tenía un grabado que estaba seguro de haber visto antes, aunque no lograba recordar dónde.

¡CORRE, BAT, CORRE!

AHÍ ABAJO NO HAY NINGUNA NARIZ

16
JUGANDO CON LA ARENA

Volvimos al Hotel Desierto con la moral por los suelos. El tío Boulif se dio cuenta enseguida e intentó animarnos con una cena espectacular. Con Leo lo consiguió, pero con los demás falló. Sobre todo con el tío Charlie, que estaba convencido de que la expedición había llegado a su fin.

Aled y yo nos quedamos en la habitación, charlando en la cama y vigilando el puñal que habíamos pescado en el río.

—Has estado genial, ¿sabes? —le dije—. De

no ser por ti, ahora estaría en la barriga de un cocodrilo. ¿Qué has hecho?

—¿Te refieres al Número de la Pirámide? Hay que dibujar un triángulo perfecto volviendo al punto exacto de partida.

—¡UAU, parece difícil! —exclamé impresionado—. ¡Tienes que enseñarme a hacerlo!

—Prometido —contestó él riendo.

—Me sabe mal por mis amigos: buscaban una gran nariz de piedra y solo han encontrado un pequeño puñal oxidado —añadí señalando el arma.

—Pero es un puñal muy antiguo —replicó Aled—. Ese chisme debe de tener un montón de años...

—¿Tú crees? ¿Cuántos dirías? —pregunté yo distraído, ya que seguía intentando recordar dónde había visto el símbolo grabado en el mango de hueso.

—Tres mil, puede que incluso cuatro

mil años —contestó él—. ¿Y sabes qué? Juraría que he visto antes esa marca triangular del mango.

—¿Tú también? Yo estaba pensando lo mismo.

—Es como un recuerdo de la infancia. Algo relacionado con algún sitio... ¡PUES CLARO! ¡MI GRUTA!

—¿Gruta? ¿Qué gruta?

—La gruta donde aprendí a volar. ¡Está aquí cerca, sígueme!

Despegué detrás de él, que ya había recuperado su antigua agilidad, y en dos minutos llegamos a una roca redondeada. Aled se metió en una abertura que casi no se veía y, de repente, nos encontramos en el interior de una cueva sostenida por unas enormes columnas de piedra y llena de arena que había traído el viento.

—¡Uau, es enorme! —exclamé.

—Sí. Antes vivíamos centenares de nosotros. Después mis compañeros prefirieron mudarse a la ciudad. Por aquí...

Nos detuvimos frente a una cavidad estrecha. La pared del fondo era lisa y solo se veía la parte superior: el resto estaba cubierto por la arena.

—¡Aquí está! —chilló Aled volando hacia la pared. Lo seguí: en la esquina de la izquierda se veía la mitad de un grabado.

Ayudé a Aled a destapar la otra mitad y me quedé de piedra... El dibujo era idéntico al del puñal que habíamos encontrado en el Nilo: un triángulo con dos circulitos negros en el centro. ¿Dónde rayos había visto yo aquello?

—¡Eh, aquí abajo hay algo más! —exclamó Aled apartando la arena a aletazos y descubriendo un grabado que representaba un ibis. Le ayudé a seguir quitando arena y primero apareció un campo de cañas, después un río y finalmente la proa de una barca. Pero quedaba mucha arena por apartar y nosotros solos no íbamos a conseguirlo nunca.

—Tenemos que avisar a mis amigos —propuse entonces—. Ya voy yo.

Volví al hotel. Los Silver y Nawal estaban en la habitación, disfrutando del aire acondicionado. Leo estaba aplastando montones de murciélagos con su cruel videojuego.

—¡Puede que Aled haya descubierto algo importante! —anuncié casi sin respiración—. ¡Tenéis que venir conmigo enseguida!

—Calma, Batuchito —dijo Rebecca—. ¿Qué es?

—¡Un jeroglífico! ¡Con el símbolo del puñal!

Martin pegó un salto.

—Pues ¿a qué esperamos? ¡Vamos, rápido!

—Yo estoy la mar de bien aquí —protestó Leo—. Además, estoy a punto de acabar el videojuego.

—Vamos, no te hagas de rogar —le regañó Rebecca—. Eres nuestro experto en tecnología, ¿no?

Con un cumplido como ese, incluso él cedió. Y lo que vio poco después en la pared les compensó el esfuerzo.

—Hay que quitar toda la arena —ordenó Rebecca en cuanto se dio cuenta de la maravilla que había oculta debajo—. Alúmbranos, Leo.

—¡A sus órdenes! —contestó aquel perezoso. Con la excusa de que debía aguantar su súper linterna para iluminar el grabado, ya no volvió a mover un dedo. Aled y yo, en cambio, colaboramos con todas nuestras... ¡alas!

Poco a poco empezó a aparecer ante nuestros ojos una imagen: un gran río con peces y coco-

drilos en el agua y pájaros de todas las especies en las orillas. En una de las orillas había una gran barca a punto de hundirse, rodeada de pequeñas embarcaciones y hombres armados con lanzas y cuchillos. Algunos de ellos estaban haciendo pedazos la barca grande. Otros enterraban la nariz bajo las patas de la Gran Esfinge, que estaba pintada de perfil, como todo lo demás.

—¡Qué maravilla! —exclamó Nawal mirando el jeroglífico, conservado a la perfección—. Parece la escena de una película...

—Sí, una película con milenios de antigüedad

—asintió Martin—. O... ¡Eh, un momento! ¡Es la escena que cuenta Howard-Vyse en su cuaderno!

—¡Sí! —dijo Rebecca—. ¡La Secta de los Narizotas asaltando el barco que debía transportar la nariz de la Esfinge a Alejandría!

—Y ese debe de ser su símbolo —dedujo Nawal—. ¡Es el mismo que el del puñal!

—Entonces Howard-Vyse se equivocó —comprendió Martin de repente—. Él estaba convencido de que la nariz había acabado en el fondo del Nilo. Pero, si esta pintura cuenta la verdad, no llegaron a cargarla en la barca.

—Y eso explicaría por qué el tío Charlie no ha encontrado nada... —añadió Rebecca.

—Exacto —siguió Martin—. Los Narizotas solo atacaron y destruyeron la barca. Después enterraron la nariz bajo la pata de la Esfinge.

—Cuadra a la perfección —continuó Leo—. ¡Es una lástima que ya hayamos mirado bajo la pata y no hubiera nada de nada!

Hubo un silencio incómodo. Volvíamos a estar en un punto muerto.

Solo faltaba una pequeña pieza para completar el puzle, pero nadie sabía dónde buscar.

Hasta que a Rebecca le asaltó una duda.

—¡Un momento! ¿Recordáis el sueño que os conté? ¿El de la Esfinge?

—¿Te parece buen momento para hablar de sueños? —dijo Leo fastidiado.

—Déjala seguir... —le sugirió Nawal—. No sería la primera vez que la Esfinge se le aparece en sueños a alguien. ¿Conoces la historia de Tutmosis IV?

Rebecca asintió.

—En mi sueño, la Esfinge se miraba en el agua. La del Nilo, por supuesto. Y usaba la pata derecha para recuperar la nariz que se le había caído al río. Lo recuerdo perfectamente. El caso es que yo miraba la imagen reflejada, así que la pata derecha...

—¡... en realidad era la izquierda! —acabó Martin que, al contrario que nosotros, había pillado la idea al vuelo.

—¿Estáis diciendo que... nos hemos equivocado de pata? —preguntó Leo incrédulo.

—¡Estamos diciendo que es hora de empezar a excavar otra vez! —contestó Martin.

17
NARIZOTAS A LA RECONQUISTA

Los chicos volvieron al Hotel Desierto como si no hubiera pasado nada y poco después salieron otra vez, a escondidas y equipados con palas. Quizá deberían haber avisado al tío Charlie, pero temían que pudiera sufrir otra desilusión y decidieron dejarlo tranquilo.

Aled y yo nos adelantamos y volamos con cautela hasta la Esfinge, que relucía a la luz de la luna. ¡Por todos los mosquitos, aquel sitio era verdaderamente mágico!

Cuando llevábamos esperando un cuarto de hora, vi por el rabillo del ojo que unas sombras se deslizaban por detrás de la gran estatua.

—Son ellos, Aled. Vamos.

Me equivocaba de medio a medio, pero aquel error fue una gran suerte. En cuanto nos acercamos, oímos unas voces excitadas y unos extraños ruidos de metal. Nos asomamos con cuidado por encima de una roca y vimos a cuatro hombres. Iban vestidos de negro, llevaban antifaces y estaban ar-

mados con puñales y palos. Parecía que estuvieran esperando a alguien. Pero ¿a quién? Afortunadamente, un rayo de luna cayó justo sobre el cuello de uno de los hombres y me puso en el buen camino porque iluminó... un pequeño tatuaje triangular con dos circulitos en el centro. ¡Por el sónar de mi abuelo! Ahí era donde había visto el símbolo: ¡en el cuello de Mustafá! Así que Mustafá era un Narizotas. ¿O solo tenía muchas narices?

En ese momento también reconocí su voz. No entendí lo que decía, pero estaba claro que era el jefe. Después caí en la cuenta de que, si pertenecía a la secta que había mantenido el secreto de la nariz durante siglos, lo más probable es que estuvieran esperándonos a... ¡NOSOTROS!

¡Tenía que avisar a los chicos antes de que fuera demasiado tarde! Pero solo me dio tiempo a decírselo a Aled, porque, justo después, oí que Leo se acercaba quejándose mientras los demás intentaban hacerlo callar. No perdí ni un segundo. Despegué con el vuelo en peonza y fui disparado hacia mis amigos, gritando como un loco para avisarles del peligro. En ese momento, Mustafá y sus compañeros salieron de la penumbra

y desenfundaron los cuchillos con mucha habilidad.

—¡Sálvese quien pueda! —gritó Leo corriendo hacia la Esfinge perseguido por un par de rufianes. ¡Vaya! ¡Cómo corría cuando tenía miedo!

Martin se puso delante de Nawal como un valiente, manteniendo a distancia a los malvados Narizotas con el mango del pico, mientras Rebecca saltaba de piedra en piedra burlando sus intentos de capturarla. Aled y yo intentamos echar una pata lanzándonos una y otra vez contra las cabezotas de aquellos bribones. Conseguimos tenerlos a raya un rato, pero al final nos superaron. Es más, Aled calculó mal la distancia en uno de sus ataques, se estrelló contra la arena y acabó perdiendo el sentido. ¡Justo cuando iba a pedirle que sacara su arma sorpresa, el Número de la Pirámide!

A pesar de las magulladuras, los Narizotas fueron empujándonos hasta que nos acorralaron entre las patas de la Esfinge, cerca de la Estela del Sueño. Era el fin.

A no ser que alguien intentara lo imposible. Alguien que utilizara el arma sorpresa en lugar de Aled, aunque no hubiera tenido tiempo de ensayarla ni una vez. Resumiendo, alguien como... ¡YO!

Entre el momento en que se me ocurrió aquella locura y el que salí como una bala, solo pasó un segundo. Y en un instante igual de rápido... ¡PAF! ¡PAF! ¡PAF! Tres Narizotas acabaron por los suelos. Todo el mundo se quedó pasmado, incluido Mustafá, que era el único que había quedado en pie. ¡Lo había logrado! ¡Y a la primera!

Podría haberme contentado con eso, pero Ala Suelta siempre dice que todos los números acrobáticos pueden mejorarse. Así que añadí un cuarto golpe y tumbé al asombrado Mustafá. ¡Acababa de inventarme el Número del Cuadrado!

Desgraciadamente, había cogido demasiada carrerilla y acabé dando tumbos por el suelo... Oí un crujido: si habían sido mis huesecillos, estaba perdido. Por suerte, vi que podía moverme. Mientras lanzaba un suspiro de alivio, noté algo raro en la espalda. Y justo cuando me giraba para

mirar... ¡me precipité al vacío! Rodé al menos diez metros, hasta que aterricé con el trasero en la arena. Después oí un estruendo encima de la cabeza y el agujero por el que había caído se ensanchó de golpe: uno detrás de otro, mis amigos aterrizaron a mi lado, arrastrando con ellos al magullado Aled.

—¡Estoy harto de acabar siempre bajo tierra! —protestó Leo como de costumbre—. ¿Se puede saber dónde demonios estamos ahora?

—Bajo la pata izquierda de la Esfinge —contestó Martin—. Si enciendes la linterna, a lo mejor te llevas una agradable sorpresa.

Leo obedeció y, cuando la luz de la linterna iluminó el interior, vimos el enorme bloque de piedra que teníamos justo delante. Aunque estaba apoyado de lado, se veía a la perfección que era una... ¡nariz! ¡LA NARIZ DE LA GRAN ESFINGE!

—¡La hemos encontrado! ¡Lo hemos conseguido! —gritaron Leo y Rebecca mientras Nawal abrazaba emocionada a Martin, que se puso rojo como un tomate. Aled y yo mirábamos incrédulos la solución de aquel milenario misterio cuando, de repente, apareció Mustafá en plena escena. Al contrario que sus compañeros, se había recuperado muy rápido del golpetazo.

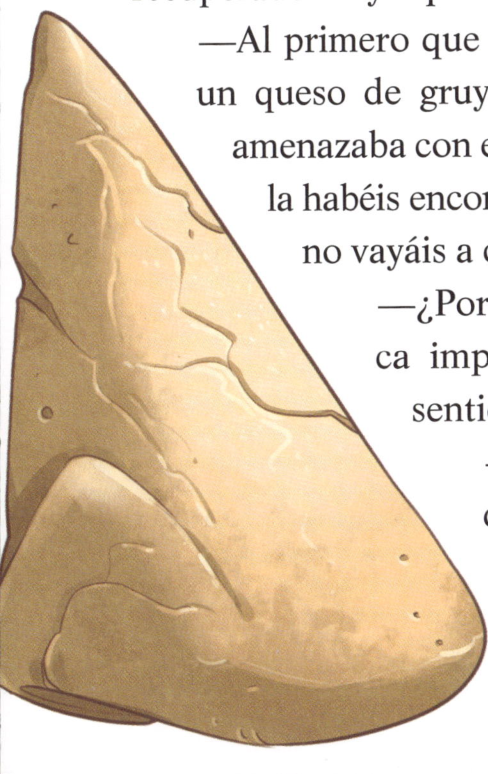

—Al primero que se mueva lo convierto en un queso de gruyer —chilló mientras nos amenazaba con el puñal—. Así que al final la habéis encontrado. Es una lástima que no vayáis a contarlo.

—¿Por qué? —preguntó Rebecca imprudente—. Eso no tiene sentido.

—¿Que no tiene sentido, dices? Los fundadores de nuestra secta arriesgaron la vida para luchar contra el poder del faraón. Pero después de estropear la Esfinge sintieron miedo de la maldición y no se atrevieron a destruir la nariz. Así que decidieron esconderla aquí abajo y confiar el secreto a sus sucesores. De esta forma, la afrenta a la Esfinge se ha podido ver durante milenios y su hazaña ha pervivido durante siglos. Nosotros, los últimos representantes de los Narizotas, no permitiremos que las cosas cambien. ¡Esta cueva será vuestra tumba!

Dicho esto, agarró a Nawal de un brazo y tiró de ella.

Es muy posible que hubiéramos acabado todos muy mal si yo no hubiera encontrado la forma de detener a aquel chiflado y a Martin, que estaba a punto de lanzarse en ayuda de Nawal. ¿Cómo lo hice? Ni yo mismo lo sé exactamente. Digamos que, en vez de hacer lo que me habían enseñado de pequeño... ¡hablé sin pararme a pensar! De hecho me dirigí a Mustafá que, por muchos secretos antiguos que conociera, seguro que jamás se había encontrado con un murciélago que le gritara:

—¡Quieto, delincuente!

Así que empezó a balbucir aterrorizado:

—¿Tú... quién... eres? ¿Sabes... hablar?

Justo cuando estaba a punto de estropearlo todo diciendo que me llamaba Bat Pat y era amigo de los Silver, intervino mi primo Aled. Y sacó un provecho increíble a la situación.

—¡Somos los espíritus del dios Murciélagus, protector de todos los mamíferos voladores y...

guardián de la Gran Esfinge! —tronó con voz cavernosa.

—No puede ser... No me lo creo... —farfulló el hombre soltando a Nawal—. ¡Sois unos impostores!

En aquel momento yo también decidí divertirme durante un rato.

—¡Tú y tu secta pulgosa habéis dañado de forma irreparable la nariz de la sagrada estatua! ¡Es hora de pagar vuestras culpas!

Al oír aquello, Mustafá perdió la chaveta.

—¡Socorro! ¡La maldición del faraón! ¡Sálvese quien pueda! —empezó a gritar mientras corría desesperado hacia la salida. Pero resbaló y cayó al suelo como un fardo. Las paredes de la cueva retumbaron y se abrió una gran grieta en el suelo. En cuanto la vio, el jefe de los Narizotas abrió unos ojos como platos, lanzó un aullido aún más fuerte y, trepando por la roca como una lagartija, salió pitando al exterior y huyó.

¿Ya había acabado todo? ¡Ni mucho menos! ¡Acababa de empezar!

Oímos otro estruendo, mucho más fuerte que el primero, y la cueva empezó a desmoronarse. Primero cayó una pared, después otra y, finalmente, la grieta del suelo se ensanchó aún más.

—¡Tenemos que salir de aquí! —gritó entonces Nawal—. ¡Rápido!

No nos dio tiempo: el suelo cedió de golpe y se abrió un abismo en el que por poco caemos todos. Los Silver consiguieron llegar de un salto a un saliente que se había salvado milagrosamente. Pero Nawal, no. Perdió el equilibrio y la hubiera engullido la oscuridad de no ser porque, reuniendo sus últimas fuerzas, se agarró a la nariz de la Esfinge, que estaba prácticamente al borde del precipicio (¿Una nariz en un precipicio? ¡De vez en cuando los escritores nos inventamos cada una!).

—¡No te muevas! —gritó Martin—. ¡Voy a buscarte!

Pero, al dar el primer paso, casi se cae. Volvió a agarrarse a la pared y me dirigió una mirada suplicante. En fin, ya os lo imagináis, ¿no? La única esperanza de Nawal era alguien que pudiera volar. Es decir... dos. Porque Bat Aled tuvo la misma idea que yo.

Es verdad que «la unión hace la fuerza», como decís vosotros (nosotros decimos «cuatro alas son mejor que dos»). Volamos juntos hasta la nariz, la cogimos cada uno por una mano y, con un gesto de entendimiento, la levantamos y la llevamos sana y salva junto a los demás. ¡Esta vez fue Martin el primero en abrazarla! ¡Y no se puso rojo!

—¡Vámonos de aquí, rápido! —gritó Rebecca después, trepando por la salida.

Al final solo quedó la nariz de la Esfinge. Pero la cueva volvió a temblar y vimos cómo se inclinaba y caía en las profundidades de la tierra mientras nosotros nos poníamos a salvo por los pelos.

18

EL SUEÑO DE LA ESFINGE

El tío Charlie no supo nunca lo que pasó aquella noche.

Ni el peligro que habíamos corrido ni, sobre todo, lo de la nariz. Nosotros nos cuidamos bien de no explicárselo. ¿Para qué volver a desilusionarlo, pobrecillo? Para él, el misterio de la Gran Esfinge continuaría a lo largo de los siglos.

Pero para nosotros era diferente. Habíamos estado a punto de resolver uno de los enigmas más fascinantes de todos los tiempos y al final nos habíamos dado de... ¡narices! ¿A que tiene gracia? En fin, la esencia no cambia: la misión había fracasado. ¿Qué puedo decir? ¡No siempre se gana!

A la mañana siguiente yo ya me había hecho a la idea y Rebecca tampoco parecía muy triste. Leo, como de costumbre, devoraba un plato detrás de otro («Un gran susto merece un gran desayuno», decía para justificarse). Y Martin y Nawal no paraban de hablar entre ellos y reír.

Aunque el tío Charlie nos hizo saltar de la silla cuando dijo: «¿Y si nos hemos equivocado de pata? ¿Y si en realidad era la izquierda?».

Por suerte, Nawal le quitó la idea de la cabeza explicándole unas viejas investigaciones arqueológicas que ya habían negado esa posibilidad, y el tío Charlie se quedó tranquilo definitivamente.

De Aled aún no sabíamos nada. Seguramente estaba durmiendo, como hacen los murciélagos normales por las mañanas. Pero vino a despedirse antes de que nos fuéramos.

—¿Y ahora qué harás? —le pregunté mirando su figurita, que ya era casi delgada.

—¡Volveré a criar barriga! —dijo él riendo—. Es broma. Pasaré una temporada aquí, una temporada en Alejandría, con Nawal. Y antes o después haré un viaje. Puede que a Inglaterra. ¿Cómo se llama tu ciudad?

—Fogville. Y en casa de los Silver tengo un desván enorme todo para mí. ¡Puedes venir cuando quieras!

Al abrazarnos se nos escaparon unas lágrimas. Los murciélagos somos unos animalitos muy sentimentales, ¿qué os creéis?

Aunque no fue nada comparado con el nudo que sintió Martin en la garganta cuando tuvo que despedirse de Nawal. Tenía la esperanza de poder acompañarla a Alejandría, pero su tío Boulif se había ofrecido a llevarla y tuvo que resignarse. ¡Pobre cerebrín!

Cuando aquella tarde llegamos a la pista de despegue de El Cairo, Red Ronda se quejó como siempre de nuestro retraso. Pero ahora ya le conocíamos. Y, por desgracia, también conocíamos su... ejem... ¡forma de pilotar! A pesar de todo, nos quedamos dormidos. Y soñamos todos lo mismo: ¡con la Esfinge, claro!

El tío Charlie soñó que la Esfinge sostenía la nariz con una pata mientras le hacía «tururú» con la otra. Martin soñó que cabalgaba sobre su grupa con Nawal. Leo se la imaginó con gorro de cocinero, preparándole una hamburguesa gigante. Y yo con la cara de Bat Aled (que no era especialmente guapo...).

Pero el sueño más extraño fue el de Rebecca. El segundo de aquellas increíbles vacaciones y (como el primero), mucho más útil que los nuestros.

¿Queréis saber qué soñó? Con la estatua de la Gran Esfinge, inmóvil en el lugar que llevaba milenios ocupando: delante de las pirámides y mirando a oriente. La única diferencia estaba en la cara. Seguía sin nariz, pero entonces mostraba una gran sonrisa.

La sonrisa serena de quien está contento de ser como es.

¿Creéis que podemos aprender algo de eso?

Un saludo «piramidal» de vuestro

Bat Pat

ÍNDICE

BAT PAT

1. EL TESORO DEL CEMENTERIO

2. BRUJAS A MEDIANOCHE

3. LA ABUELA DE TUTANKAMÓN

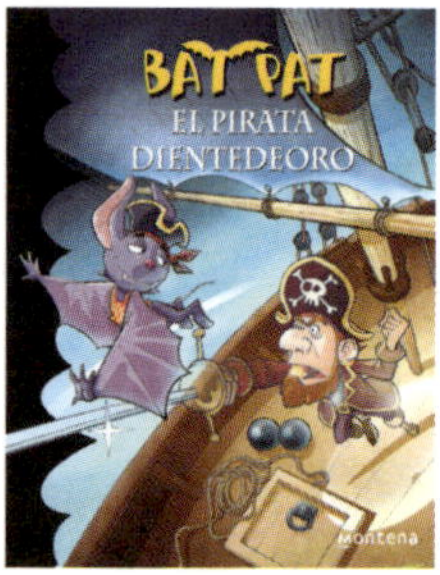

4. EL PIRATA DIENTEDEORO

5. EL MONSTRUO DE LAS CLOACAS

6. EL VAMPIRO BAILARÍN

7. EL MAMUT FRIOLERO

8. EL FANTASMA DEL DOCTOR TUFO

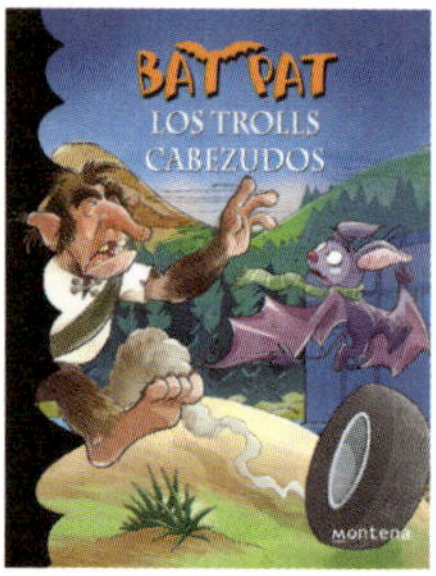

9. LOS TROLLS CABEZUDOS

10. UN HOMBRE LOBO CHIFLADO

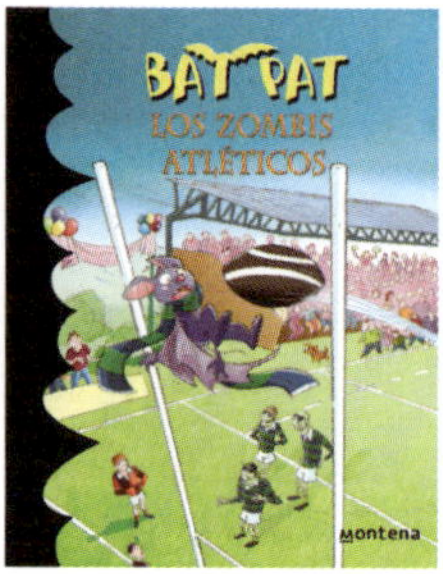

11. LOS ZOMBIS ATLÉTICOS

12. LA ISLA DE LAS SIRENAS

13. LOS MONSTRUOS ACUÁTICOS

14. LA CASA EMBRUJADA

15. NUNCA BROMEES CON UN SAMURÁI

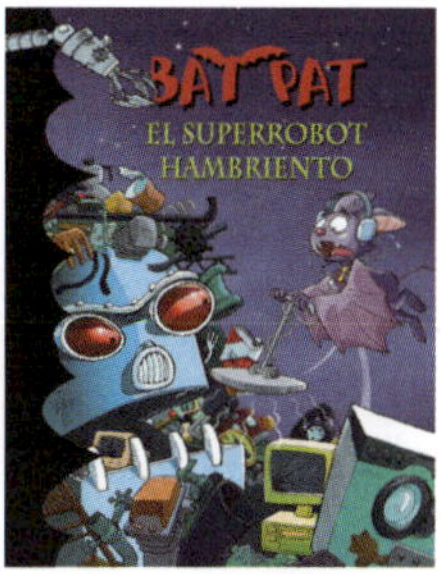

16. EL SUPERROBOT HAMBRIENTO

17. EL ESCRITOR FANTASMA

18. EL RETORNO DEL ESQUELETO

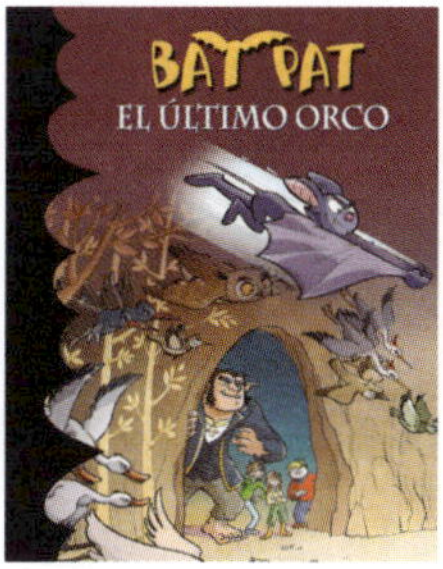

19. EL ÚLTIMO ORCO

20. EL ABOMINABLE PUERCO DE LAS NIEVES

EN BUSCA DE LA CIUDAD PERDIDA

LA NARIZ DE LA ESFINGE

LAS ESCALOFRIANTES
AVENTURAS DE BAT PAT

EL PRISIONERO
DEL MONSTRUO

EL SECRETO DEL
ALQUIMISTA

EL MUSEO DE
LOS CONJUROS

CUATRO AMIGAS
PARA UN MISTERIO

EL GUARDIÁN
DEL FARO